AF235515

Heiteres und Besinnliches aus der Feder
von
„Alster Fünfzehn"

Christel Schneider (Hrsg.)

Heiteres und Besinnliches aus der Feder

von

„Alster Fünfzehn"

Bibliografische Information der Deutschen Nationalbibliothek:
Die Deutsche Nationalbibliothek verzeichnet diese Publikation
in der Deutschen Nationalbibliografie; detaillierte bibliografische
Daten sind im Internet über http://dnb.d-nb.de abrufbar.

© 2018 Christel Schneider
Satz, Umschlaggestaltung, Herstellung und Verlag:
BoD – Books on Demand

ISBN: 978-3-7528-8189-9

Inhalt

Vorwort

„Alster Fünfzehn" ist eine Gruppe von jung gebliebenen Seniorinnen. Wir treffen uns regelmäßig in einem Café in Hamburg. Dort stellen wir uns gegenseitig unsere zu Hause verfassten Kurzgeschichten, Erzählungen und Gedichte vor.

Nun ist die Idee entstanden, diese Zeilen in einem Buch zusammenzufassen und Ihnen, liebe Leserinnen und Leser, zur Verfügung zu stellen.

Viel Freude beim Lesen.

Hamburg, im Jahr 2018

Geschichten von Sonja Langer

EINER

Wenn man älteste Tochter bei fünf Geschwistern ist, dann hat man zum falschen Zeitpunkt „HIER" gerufen, als der Storch ein Kind aus dem Teich fischen und zu den Eltern bringen wollte.

Ich war immer sehr pflichtbewusst, was sich später aus meiner Sicht als absoluter Nachteil herausstellte.

Meine Mutter verteilte die Arbeit dann wie folgt: EINER muss noch schnell etwas einkaufen; EINER muss noch eben die Küche aufwischen oder EINER muss heute Nachmittag die Johannisbeeren pflücken (eine absolut bescheuerte Arbeit). Es meldete sich natürlich niemand freiwillig, und so wurde sie dann deutlicher: Sonja!! EINER muss noch eben......

Wenn ich das Wort EINER hörte, konnte ich getrost schon mal losgehen, ich war ja sowieso gemeint. Vielleicht war EINER ja auch mein Taufname – wer weiß?

Nun hatte meine Familie ein Boot in Gebrauch, keine Luxusyacht, sondern einen kleinen umgebauten Krabbenkutter, der sich tuckernd per Dieselmotor fortbewegte.

Es gab ein Ruderhaus, eine Kombüse, eine Toilette, bei der man sich draußen ausziehen und rückwärts hineingehen musste, sowie sechs Schlafplätze unter Deck. Da wir sieben Leute waren, musste EINER achtern neben dem Niedergang auf einer Luftmatratze schlafen. Gegen eventuellen Regen wurde eine alte Persenning darüber gespannt.

Da lag ich nun eines Nachts, wir ankerten vor Höruphav in Dänemark, unter der muffigen Persenning und konnte nicht einschlafen. Es sah nicht nach Regen aus, und so packte ich Luftmatratze und Schlafsack und schlich mich hinauf auf das Freideck. Die Ostsee war glatt wie ein Dorfteich und es war keine Wolke in Sicht.

Nachdem ich mich wieder in den Schlafsack hineingewurschtelt hatte, lag ich auf dem Rücken und blickte nach oben.

Der Mond war nur eine ganz schmale Sichel und störte nicht das Licht der Sterne. Der Himmel war von einer Klarheit, wie ich es nie zuvor gesehen hatte.

Zuerst suchte ich den Nordstern und die mir bekannten Sternbilder. Dann begann ich mit den Augen an der Milchstraße entlang zu wandern. Je länger ich hinaufsah, umso mehr wurden aus dem hellen Band, das den Himmel überspannte, Millionen von einzelnen Sternen.

Mit der Zeit stellte ich mir das Ganze dann räumlich vor: die Venus mit all ihrer Pracht schwebend im Weltall und all die Sterne, die ja eigentlich Sonnen sind.

Eine Sternschnuppe zischte über den Himmel, ich hielt kurz die Luft an. Vor Begeisterung vergaß ich, mir etwas zu wünschen.

Aus einer Schemazeichnung in einer Illustrierten wusste ich, dass die Milchstraße unsere Galaxy ist und unsere Sonne nur eine kleine unbedeutende Sonne am Rande dieser Galaxy. Der dritte kleine unbedeutende Planet ist unsere Erde, und auf einem kleinen unbedeutenden Nebenmeer des Atlantiks lag ich auf einer Luftmatratze, weniger als ein Sandkorn in der Wüste.

Ich wüsste einige Leute, die man dazu verdonnern müsste, das alles zu besichtigen und ihnen dann die Dimensionen erklären. Vielleicht würden sie dann wieder auf die richtige Größe zurechtgeschraubt.

Für mich war es eine ganz besondere Nacht und ich getraute mich nicht, die Augen zu schließen, um den Zauber, der von ihr ausging, nicht zu zerstören.

Als am östlichen Horizont ein feiner violetter Streifen den kommenden Tag ankündigte, wurde ich wohl dann wohl doch vom Schlaf übermannt.

Meine Mutter war sehr erstaunt, als sie mich am Morgen schlafend und selig lächelnd unter freiem Himmel vorfand.

Sie konnte ja nicht wissen, dass EINER dieses Mal eine Belohnung erhalten hatte.

Die Katze

Lisa saß in der Küche und wartete, dass das Teewasser kochen würde. Ihr Blick schweifte derweil über ihren Balkon, den sie zur Zeit nicht so richtig nutzen konnte, weil ein Amselpärchen sein Nest in ihrem Blumenkasten zwischen den Geranien gebaut hatte. Zuerst wurde fleißig gebrütet, und jetzt wurden die Jungen gefüttert. Lisa wurde laut ausgeschimpft, wenn sie ihre Geranien gießen musste, aber sonst duldete man sich gegenseitig. Heute hatte Herr Amsel Wache am Balkon, während Frau Amsel wohl heute die Insekten fangen und die Jungen füttern musste.

Wenn nur diese Katze nicht wäre. Sie gelangte anscheinend über das Flachdach des Kiosks an der Ecke herauf und stieg dann auf den Balkonen an die Straßenseite im ersten Stock herum und durchstöberte alles, was dort gelagert wurde. Lisa hatte sie schon ein paarmal verjagt, um die jungen Piepmätze vor ihr zu schützen.

Wie auf Kommando erschien auch jetzt die Katze, die sich vom Nachbarbalkon um die Trennwand herum auf Lisas Balkon geschlängelt hatte. Während Herr Amsel in lautes Gezeter ausbrach, schlich sie leise in Richtung Amselnest und hatte nur noch Augen für ihre Beute. Lisa betrat ebenso leise den Balkon, schnappte sich ihre Kehrschaufel, die dort auf dem Boden stand, und holte aus, während die Katze zum Sprung ansetzte.

Als Tennisspielerin hatte Lisa eine recht kräftige Vorhand, und so erwischte sie die Katze während des Sprungs seitwärts mit der Kehrschaufel. Die Katze entschwand mit einem empörten Kreischen ihren Blicken. Als Lisa über die Balkonbrüstung sah, war die Katze nicht, wie beabsichtigt, in den Büschen des tischtuchgroßen Vorgartens gelandet, sondern auf dem Hut einer Dame, die mit ihrem Begleiter gerade an dem Haus vorüberging. Die Katze krallte sich instinktiv an dem Hut fest und flog mit demselben gegen ein am Straßenrand geparktes Auto. Während die Katze strampelte, um das feine Manilastroh von ihren Krallen loszuwerden, kreischte nunmehr die Dame; lauter als die Katze, aber immerhin in derselben Tonlage.

Oh, jetzt wird es eng, dachte Lisa. Schnell trat sie von der Balkonbrüstung zurück. Sie ging zurück in die Küche, nahm den Teekessel vom Herd, zog flugs ihre Slipper an und schnappte sich Geldbörse und Hausschlüssel. Sie huschte aus der Wohnungstür und die Treppe hinunter, um durch die Hintertür zur nächsten Querstraße zu gelangen, denn dort befand sich eine Bäckerei. Lisa kaufte eine Rosinenschnecke und bog dann, die Bäckertüte demonstrativ vor sich haltend und mit unschuldigem Gesicht um die Ecke, um zu ihrer Haustür zu gelangen. Die Katze kam ihr humpelnd entgegen und bedachte sie mit einem beleidigten Blick. „Du hast selbst Schuld" sagte Lisa leise.

Inzwischen hatte sich vor dem Haus ein kleiner Menschenauflauf gebildet. Das Amselpärchen saß auf der Balkonbrüstung und sah sich das Ganze von oben an. „Nun haltet bloß den Schnabel, sonst fallen wir noch auf" dachte Lisa. Ihr Gedanke schien angekommen, die Vögel blieben mucksmäuschenstill. Ihre Nachbarin erklärte ihr: „Während Sie beim Bäcker waren, haben Sie das Beste verpasst."

Plötzlich hielt ein Streifenwagen am Straßenrand. Die beiden Polizisten stiegen gemächlich aus, setzen sorgfältig ihre Mützen auf und schlenderten auf die Gruppe debattierender Leute zu. „Was ist denn hier passiert?" fragte einer der Beamten. Ein großgewachsener Mann, offensichtlich der Begleiter der betroffenen Dame, berichtete: „Ich ging mit meiner Kollegin hier am Haus vorbei. Plötzlich kam eine Katze geflogen und klaute ihr den Hut!" Dabei wurde er von Lachanfällen unterbrochen und wischte sich mit einem großen Taschentuch die Tränen von den

Augen. „Die Katze ist gerade um die Ecke verschwunden!" erklärte einer der Passanten.

„Außer dem Hut ist wohl niemand zu Schaden gekommen", stellte der Polizeibeamte fest und machte sich mit seinem Kollegen wieder auf den Weg zum Streifenwagen. Die betroffene Dame ordnete ihre zerzausten Haare und setzte, mit ihrem lädierten Hut in der Hand, zusammen mit ihrem Begleiter ihren Weg fort. Schnell zerstreute sich die Gruppe vor dem Haus.

Lisa ging zusammen mit dem Teenager, der mit seinen Eltern in der Wohnung über Lisa wohnte, die Treppe hinauf. Auf dem Treppenabsatz drehte er sich plötzlich zu Lisa herum, strahlte sie fröhlich an und sagte: „Donnerwetter, reife Leistung! Hätte ich nie gedacht! Und wie elegant Sie das gelöst haben mit der Bäckertüte!" dabei klopfte er ihr anerkennend auf die Schulter. Lisa sah ihn irritiert an, aber er fuhr fort „Wenn Sie nicht Action gemacht hätten, hätte ich Zielwerfen mit meinen Flipflops gemacht. Die Amseln ziehen mühsam in der Großstadt ihre Jungen groß, und dann kommt so ein Raubtier und wittert fette Beute. Das können wir doch nicht zulassen!"

Dann legte er seinen Finger über die Lippen und sagte: „Aber das Ganze bleibt unter uns – Ehrenwort!"

Der Liebhaber

Leonhard, in seinem Umfeld nur Leo genannt, saß auf der Terrasse eines Hotel-Cafés an der Promenade von Nizza. In der gläsernen Eingangstür konnte er sein Spiegelbild sehen, und was er dort sah, gefiel ihm sehr.

Leo war verwitwet, und nachdem er in Pension gegangen war, hatte er sein großes Haus mit dem weitläufigen Garten verkauft und war in eine kleine, gemütliche Dachwohnung im Haus seines Bruders gezogen. Seine Schwägerin hatte es sich zur Aufgabe gemacht, ihn gründlich umzukrempeln, wie sie es zu sagen pflegte. Erstaunlich, was sie aus dem biederen Hauptbuchhalter, der er vor kurzer Zeit noch war, gemacht hatte. Nun saß dort ein schlanker älterer Herr mit moderner Frisur und akkurat gestutztem Bart, leger, aber nobel gekleidet und sah von seinem schattigen Plätzchen unter einem Sonnenschirm auf das bunte Treiben der Promenade hinaus. Er hatte schon lange davon geträumt, einmal ein paar Tage in Nizza zu verbringen, einfach nichts zu tun und sich dort nur treiben zu lassen, was er sich jetzt auch locker leisten konnte.

Plötzlich stand vor seinem Tisch eine Dame. Sie fragte, ob sie sich zu ihm setzen dürfe, da alle schattigen Plätze bereits besetzt seien. Er sprang auf, um ihr einen Stuhl zurechtzurücken. Sie war wirklich eine Dame, nicht mehr ganz jung, mit schlichter Eleganz gekleidet und nicht so schrill aufgedonnert, wie Leo hier schon einige Gestalten weiblichen Geschlechtes gesichtet hatte.

Nach kurzer Zeit waren sie in eine angeregte Unterhaltung vertieft, und nach zwei Stunden und mehreren Cocktails fragte sie ihn, ob er für die nächsten fünf Tage schon Pläne hätte. Leo hatte keinerlei Pläne; deshalb machte sie ihm ein erstaunliches Angebot: „Hätten Sie Lust, für die nächsten Tage mein Begleiter zu sein? Es würden ihnen keinerlei Kosten und

Aufwendungen entstehen- Ich habe ein Cabrio gemietet und ich kenne mich hier gut aus. Wir könnten zusammen etwas unternehmen und Sie würden mir eine große Freude machen, wenn Sie einwilligen."

Sie stellte sich als Laura Martin vor, und nachdem auch Leo sich vorgestellt hatte, verabredeten sie sich für den nächsten Vormittag.

Für Leo folgten nun die schönsten Urlaubstage, die man sich nur denken kann. Sie besuchten die Sehenswürdigkeiten der Riviera, aßen in ausgezeichneten Restaurants und alberten auch manchmal herum wie Kinder. Dabei wahrte Laura aber immer einen gewissen Abstand zu ihm, was ihm auch ganz recht war. Mehrmals suchte sie ein Anwaltsbüro und mehrere Banken auf, während Leo im Auto auf sie wartete. Irgendwie war ihm die ganze Sache nicht geheuer.

Am Ende der Woche sagte Laura, dass es nun ihr letzter gemeinsamer Tag gewesen sei. Sie bedankte sich für die schöne Zeit mit ihm und dass sie sich in seiner Gesellschaft sehr wohlgefühlt hätte. „Ich werde Dir noch einen Brief schreiben und in Dein Hotel bringen lassen. Diesen Brief musst Du gut aufheben, eventuell wird er für Dich noch wichtig sein." Das war nun eine etwas verwirrende Aussage, passte aber irgendwie zu dem ganzen Erlebnis. Leo kehrte in sein kleines Hotel zurück, das in einer Seitenstraße abseits der Promenade lag. Er war etwas wehmütiger Stimmung, und so nahm er noch einen Schlaftrunk an der Bar.

Am nächsten Morgen, nach dem Frühstück, wollte er an der Rezeption seine Rechnung begleichen und dann abreisen. Dort im Foyer warteten zwei Männer auf ihn. Einer der Männer stellte sich als Monsieur Martin vor. Er war groß und stämmig, die dicke Goldkette an seinem Hals wollte nicht so recht zu seinem teuren Anzug passen, und die goldene Uhr an seinem Handgelenk wog bestimmt ein halbes Pfund. Der andere Mann, Kategorie Leibwächter, fasste Leo am Arm und schob ihn in Richtung der Sitzecken der Hotelhalle. Dort beförderte er ihn unsanft auf ein Sofa. Die beiden Männer setzten sich auf ein Sofa gegenüber. Monsieur Martin richtete seinen dicken Zeigefinger auf Leo und redete ihn barsch an: „Sie sind der Liebhaber meiner Frau! Leugnen sie nicht, ich habe Sie schon seit Tagen beobachten lassen!" Dann bot er Leo 20.000 Euro an, wenn dieser seine Frau ein für alle Mal in Ruhe lassen und sofort verschwinden würde. „Für diese Summe lasse ich alle Frauen der Welt in Ruhe und verschwinde." Sagte Leo. Der Leibwächter packte einige Geldbündel aus einem Aktenkoffer in eine Papiertragetasche, knotete die Kordeln zusammen und drückte sie Leo in die Hand. „Also doch nur ein käuflicher Gigolo" sagte er mit abfälligem Grinsen zu seinem Chef, und zu Leo gewandt „Und jetzt Abmarsch – Sofort!"

Was schert es eine Deutsche Eiche, wenn ganz unten ein kleiner Hund sein Bein hebt, dachte Leo, aber es ist trotzdem ein dicker Hund: da führt mich diese Frau als ihren Liebhaber vor, um dann mit dem richtigen Liebhaber unbehelligt verschwinden zu können. Die 20.000 Euro für seine Rolle als Liebhaber fand er aber deshalb angemessen.

Leo stolzierte, ganz seiner Rolle gerecht werdend, zur Rezeption, wo ihm der junge Mann dort die Rechnung überreichte mit der Bemerkung, dass diese bereits von einer Dame beglichen worden sei. Dann händigte er ihm noch einen rosa Briefumschlag aus, der in seinem Schlüsselfach gelegen hatte. Monsier Martin beobachtete ihn, bis er im Fahrstuhl verschwunden war.

In seinem Zimmer angekommen, wollte Martin sofort Laura anrufen und ihr berichten, aber in ihrem Hotel sagte man ihm, Madame Martin sei bereits mit unbekannten Ziel abgereist.

Leo öffnete den rosa Briefumschlag und las dort Folgendes:

Liebster Leonhard!
Meine Lebensumstände haben sich bedauerlicherweise so entwickelt, dass ich sofort abreisen muss. Es tut mir sehr leid. Ich danke Dir für die schöne Zeit, die wir zusammen verbringen durften. Wir werden uns nie

wiedersehen, und ich werde Dich stetes in meinem Herzen bewahren. Ich wünsche Dir für die Zukunft alles Gute.

Herzlichst Deine Laura.

Das hört sich alles sehr theatralisch an, dachte Leo, aber es diente auf jeden Fall dazu, ihn in Zukunft aus allem herauszuhalten. Er packte seine Sachen zusammen, holte sein Auto aus der Tiefgarage und machte sich auf den Heimweg. Um die Schweiz machte er einen großen Bogen, denn es erschien ihm wenig ratsam, mit 20.000 Euro im Gepäck ein- und auszureisen.

Einige Tage, nachdem er wieder zu Hause war, erschien ein Beamter der Kripo, der ihn im Zuge der Amtshilfe für die französischen Kollegen zum Verbleib von Laura Martin befragen sollte. Nun wusste Leo, wozu dieser ominöse Abschiedsbrief gut war. Er übergab dem Beamten eine Fotokopie des Briefes und konnte glaubhaft machen, dass er nichts wissen konnte. Mein Name ist Liebhaber Hase.

Prinz Eugen von Savoyen

Anja hatte eine wunderbare Wanderung durch den Spessart gemacht, und als sie aus dem Wald heraustrat, sah sie ihren Urlaubsort schon in der Nachmittagssonne, umgeben von Wiesen und Feldern liegen. Sie sah aber auch westlich von ihrem Standort eine Gewitterfront nahen, aus der es schon leise grummelte. Sie schätzte die Entfernung zum Ort und befand, dass es eng werden könnte.

Gewitter auf Wiesen und Feldern ist nicht zu empfehlen.

Sie war gerade an den Überresten einer alten Kapelle vorbeigegangen. Wie sie von früheren Wanderungen wusste, gab es in der Außenmauer in einer Nische einen kleinen Verschlag mit einem winzigen Dach, einer Bank und Stempel und Stempelkissen für Wanderer. Sie beschloss, dort das Gewitter auszusitzen. Laut ihrer Wirtin sollte es dort spuken, aber Spuk ist immer noch besser, als vom Blitz erschlagen zu werden.

Dort angekommen, streifte sie ihr Regencape über und wollte sich gerade auf der schmalen Bank niederlassen, als aus dem plötzlich hereingezogenen Dunst ein alter Mann vor ihr auftauchte. Er hatte langes weißes Haar und trug einen altmodischen Umhang sowie einen langen Wanderstab in der Hand. „Wer sind Sie?" fragte Anja erschrocken. „Ich bin der getreue Eckehard" sagte der Mann, „hier wird gleich die Wilde Jagd vorüberziehen, und ich gehe immer voraus und warne die Menschen, damit sie sich in Sicherheit bringen können". „Wer ist die Wilde Jagd?" fragte Anja irritiert. „Sie wird angeführt von Odin und seinen Söhnen, und im Gefolge sind alle gefallenen Helden aus Wallhall und viele edle Ritter!" „Auch Prinz Eugen, der edle Ritter?" fragte Anja spontan, „den wollte ich schon immer einmal kennenlernen!"

Der Alte reckte seinen Wanderstab in die Höhe, und aus dem Dunst tauchte eine zweite Gestalt auf, die ein Pferd am Zügel führte. Es war ein kleiner Mann, gerade so groß wie Anja, und als er näher kam, sah sie, dass er auch etwas verwachsen war.

„Gestatten: Eugen Prinz von Savoyen, Küss` die Hand schöne Frau." Er deutete einen Handkuss an „Sie haben mich gerufen?"

„Anja Müller aus Hamburg" stotterte Anja etwas verwirrt.

Der Prinz fuhr sich mit der Hand durch das schüttere Haar. „Ich sollte meine Perücke aufsetzen, damit sehe ich stattlicher aus- Aber sie stört beim Reiten, insbesondere heute!"

„Darauf kommt es doch wirklich nicht an", sagte Anja, schließlich sind Sie doch einer der größten Feldherrn der Geschichte!"

„Das mag sein" erwiderte der Prinz, „ich wurde am Hofe Ludwigs XIV in Paris erzogen, und in jungen Jahren wollte man mich dort zum Geistlichen machen!

„Und da sind Sie stiften gegangen. Immerhin waren Sie doch Oberbefehlshaber der Kaiserlichen Truppen in Wien!"

„Wien war zu der Zeit arg in Bedrängnis" erinnerte sich der Prinz, „und so nahmen sie jeden Freiwilligen in ihre Armee auf, auch so einen kleinen hässlichen Kerl wie mich. Bei meinem Sturz vom Wickeltisch als Kleinkind habe ich zwar einen körperlichen Schaden davongetragen, aber ich bin glücklicherweise nicht auf den Kopf gefallen. So konnte ich diesen ausreichend gebrauchen und habe mich mit Mut und Geschick in der Kaiserlichen Armee hochgedient!"

„Man sagt, Sie könnten einen Schlachtverlauf lesen und somit geniale Kriegszüge machen."

„Oh ja" meinte der Prinz, „meine Waffe war nicht nur das Schwert, sondern auch mein Fernrohr. So stieg ich zur Beobachtung manchmal auf einen Hügel oder einen Baum. Dann hatte ich noch meine schnellen Boten, die ich alle selbst ausgebildet habe. Sie konnten sich durch Freund und Feind bewegen als wären sie unsichtbar und konnten mir ebenso schnell Bericht erstatten wie auch Befehle an die Front weiterleiten. Manchmal führte ich den Feind auch in die Irre, indem ich seinen Spionen gefälschte Landkarten zuspielte."

„Das nennt man heute Strategische Kriegsführung" erklärte Anja", „und so haben Sie dann auch die Türken bei Wien geschlagen. Aber die Türken waren hartnäckig, und so mussten Sie 1717 bei Belgrad nochmals eingreifen!" „Oh, das wissen Sie alles" staunte der Prinz, „ich dachte, man hätte mich längst vergessen!"

„Keineswegs hat man Sie vergessen. Man hat sogar ein Lied über Sie geschrieben, es beginnt so: -Prinz Eugen der edle Ritter-."

Der Prinz war gerührt. „Die Schlacht bei Belgrad war mein Meisterstück. Ich ließ eine neuartige Schwimmbrücke aus Fässern und Bohlen bauen. Die Spione der Türken dachten wohl, wir wollten unsere Weinfässer kühlen. Bevor ihr Oberbefehlshaber seinen Allerwertesten aus den seidenen Kissen erhoben und seinen perlenbekränzten Turban aufsetzen konnte, waren wir schon über die Donau und konnten das Heer einkesseln. Die Türken wurden von uns vernichtend geschlagen, aber die meisten sind „stiften gegangen"!

Plötzlich ertönte ein Jagdhorn ."Jetzt muss der strategische Feldherr auch stiften gehen! Herrlich diese neuen Wörter" freute sich der Prinz. Er stieg auf sein Pferd und rief Anja zu: „besuchen Sie doch einmal mein Schloss in Wien. Es heißt Belvedere und es hat eine sehr schöne Bibliothek!" Dann wurde er mitsamt seinem Pferd von einem Windst0ß erfasst und verschwand in den Lüften.

Anja kauerte sich in ihrem Regencape auf die kleine Bank, während plötzlich die Luft erfüllt war von Blitz und Donner, Regen und Hagel, von Hufgetrappel und Kriegsgeschrei. Die Jungens lassen da oben ja ordentlich die „Sau" raus, dachte Anja. Dann verbarg sie ihr Gesicht hinter ihrem Rucksack, um nicht von umherfliegenden Ästen, Laub und Unrat getroffen zu werden.

So schnell, wie das Unwetter gekommen war, war es auch wieder vorbei. Der abendliche Himmel war wie blankgefegt;und nur aus der Ferne hörte man noch leises Donnergrollen.

Anja trat auf die Ebene hinaus. Sie war immer noch fassungslos. Ich habe Prinz Eugen getroffen! Wahnsinn!! Und ich habe es versäumt, ihm zu sagen, wie dringend wir ihn bräuchten- hier und heute, für uns alle in für Europa.

Dann schritt sie fröhlich auf ihren Urlaubsort zu und sang laut das Lied von „Prinz Eugen dem edlen Ritter".

Eine Reise mit Hindernissen

Meine Reise in die Toskana war eigentlich ganz reibungslos verlaufen. Zu meinem 70. Geburtstag hatten meine Gäste für einen Zuschuss zu dieser Reise gesorgt. Mein Sohn Thomas, meine Schwiegertochter Annette sowie deren Schwester Beate und Schwager Stephan hatten sich angeschlossen. Wir fuhren mit dem Auto nach Köln (von dort aus ging ein Direktflug nach Pisa), stellten das Auto im Flughafenparkhaus ab und sammelten Beate und Stephan, die in Köln wohnen, dort ein.

Nach unserer Ankunft in Pisa holten wir den bestellten Mietwagen am Flughafen ab und fuhren zu unserem Hotel in Viareggio. Von dort aus besuchten wir alle interessanten Städte der Toskana und saßen abends noch an der Strandpromenade gemütlich beisammen.

An unserem letzten Urlaubstag wurde es dann mit dem Abschiedneh-men von Viareggio sehr spät und so packten wir erst gegen Mitternacht unsere Koffer. Am nächsten Morgen erschien Stephan als letzter fröhlich und gut gelaunt zum Frühstück. „Ich hatte beim Kofferpacken noch den Fernseher an, und da war eine merkwürdige Meldung. Irgendwo ist ein Vulkan ausgebrochen und in Europa sind auch schon Flughäfen gesperrt." Da wir uns in Italien befanden, war meine nächstliegende Frage: „Der Vesuv oder der Ätna?" „Keiner von beiden" sagte Stephan, „aber ich werde nach dem Frühstück am Internetpoint des Hotels versuchen, Näheres zu erfahren."

Nachdem wir unsere Zimmer geräumt und die Rechnungen bezahlt hatten, standen wir mit unseren Koffern in der Hotelhalle, als Stephan dort kopfschüttelnd erschien. „Der Vulkan ist auf Island ausgebrochen" berichtete er, „allerdings bewegt sich eine Aschewolke auf Nordeuropa zu, und deshalb wurde überall der Flugverkehr eingestellt" .Etwas ratlos sahen wir uns an.

„Wir fliegen ja erst um 22 Uhr, und bis dahin könnte sich noch viel geändert haben" meinte ich.

„Es wäre vielleicht ratsam, wenn Ihr heute noch eure Arbeitgeber anrufen würdet, falls wir hier wirklich nicht wegkommen. Am Freitagvormittag sind die Firmen ja noch zu erreichen. Dann sehen wir uns wie geplant noch die Stadt Pisa an."

Wir konnten die Schönheit dieser Stadt gar nicht richtig genießen, wir mussten immer an diese ominöse Aschewolke denken. Wir versuchten dann, Alternativen zu finden, falls wir wirklich nicht fliegen könnten. Am Bahnhof erfuhren wir, dass alle Züge Richtung Norden überbucht waren. Auch an eine Hotelübernachtung war nicht zu denken. In der Zimmervermittlung erklärte man uns, dass in ganz Pisa kein Bett mehr zu buchen sei, und die Zimmerpreise über Nacht um mindestens 200 % in die Höhe geschossen waren.

Sehr frühzeitig fuhren wir zum Flughafen Pisa und gaben erst einmal den Mietwagen ab. Dann begaben wir uns in die Abflughalle. Wir sahen, dass alle Flüge Richtung Norden ersatzlos gestrichen waren. Nun erkannten wir endgültig den Ernst der Lage. Annette rief dann noch vorsichtshalber den TUI-Schalter in Köln an. Dort erhielt sie lediglich den Ratschlag: „Macht Euch dort bloß vom Acker. In Nordeuropa bewegt sich in der Luft gar nichts mehr, und ausreichende Informationen haben wir hier auch nicht."

Nun begannen wir mit Autovermietern zu verhandeln, um ein ausreichend großes Auto für 5 Personen und 5 große Koffer zu mieten und den Weg nach Norden anzutreten. Es war ein mühsames Unterfangen: Entweder waren die Autos zu klein, oder sie durften aus versicherungstechnischen Gründen Italien nicht verlassen.

Letztendlich konnte Stephan einen der Vermieter überreden, uns einen größeren Kombi zu überlassen, den wir aber am nächsten Tag in Bozen abgeben mussten. Nur Thomas und ich hatten auch einen Führerschein dabei, und so mietete Thomas den Wagen und durfte auch als Einziger damit fahren.

Es war schon später Abend, als wir ziemlich gequetscht in dem Kombi saßen. Und es war für Thomas eine ziemliche Tortour, den weiten Weg bei Dunkelheit durch die Alpen bis nach Bozen zu fahren.

Mitten in der Nacht kamen wir dort an und fanden glücklicherweise noch ein Hotel, das uns für eine Nacht aufnehmen konnte.

Ausgeschlafen und mit gutem Frühstück versehen gaben wir am nächsten Morgen den Mietwagen zurück. Dann zuckelten wir mit unseren Koffern zum Bahnhof und erwischten dort zeitnah einen Zug nach München und anschießend einen ICE nach Köln.

Wir hatten genau einen Tag Verspätung und freuten uns, dass wir den Urlaub nicht auf einer Insel verbracht hatten, denn dann hätten wir ganz schlechte Karten gehabt.

Fotosafari

Auf der Südseite der Alpen trat ein Sturmtief auf der Stelle und das Wetter war scheußlich. Nach drei Tagen Dauerregen hatte ich die Nase voll und machte mich wieder auf den Weg nach Norden. Nördlich der Alpen war schönstes Wetter, und so beschloss ich, den Rest des Urlaubs in dem kleinen Ort Bernau am Chiemsee zu verbringen. Ich buchte ein Zimmer in einem kleinen Gasthof mitten im Ort. Beim Abendessen erkundigte ich mich bei der Kellnerin, ob es in dem Ort geführte Wanderungen gäbe. Die Dame wusste keinen Rat, aber ein älteres Ehepaar am Nebentisch mischte sich in das Gespräch ein: „Wir kommen schon seit Jahren in diesen Ort und kennen uns hier sehr gut aus. Wir haben für morgen eine längere Wanderung geplant, und wenn Sie wollen, können Sie sich uns anschließen."

Am nächsten Morgen nach dem Frühstück stand ich ordnungsgemäß gekleidet und mit gepacktem Rucksack parat. Das Ehepaar, sie hatten sich als Werner und Hilde vorgestellt, brachte einen Enkel namens Steffen mit auf die Tour. Dieser war zwölf Jahre alt und sollte für seinen Neigungskurs Fotografie eine Mappe mit Fotos und Bildtiteln sowie Arbeitsbeschreibungen anfertigen und nach den Ferien mit zur Schule bringen. Stolz zeigte er mir seine neue Digitalkamera.

Während wir das schöne Wandergebiet zwischen Chiemsee und Kampenwand in Angriff nahmen, sprang Steffen herum wie ein Rumpelstielzchen und knipste alles, was ihm vor die Linse kam.

Als wir auf einer kleinen Bank mit Blick auf die Kampenwand eine Rast machten, sauste Steffen von einer Seite zur anderen und versuchte, auf der gegenüberliegenden Almwiese alle Kühe auf einmal auf ein Foto zu bekommen.

Ich bat Steffen zu uns auf die Bank und erklärte ihm Folgendes: „Fotografieren ist eine Kunst! Es kommt nicht darauf an, wie viel man auf ein Foto bekommt, sondern ob man einen Blick für Motive hat. Wenn Du jetzt alle Kühe zusammen auf dem Foto hast, so ist es eine Wiese mit Kühen- okay.
Wenn Du aber die drei Kühe ablichtest, die hier vor Neugierde am Zaun stehen und im Hintergrund die Kampenwand zu sehen ist, so ist es ein schönes Motiv, und das Bild ist lebendig. Als Titel kannst Du dann schreiben: Die drei schönsten Kühe von Bauer Hinterhuber vor der Kampenwand." Steffen sah mich mit großen Augen an und schritt zur Tat. Ich riet ihm, zur Sicherheit immer mehrere Aufnahmen zu machen und letztendlich die schönste Fotografie auszusuchen. Steffen notierte alles sorgfältig in sein kleines Notizbuch, so dass er später Fotos und Titel sowie Beschreibungen wieder zuammen bringen konnte.

Nach einigen unterschiedlichen Fotos und Motiven hatte Steffen es plötzlich erfasst, worauf es ankommt. Auch Werner und Hilde hatten inzwischen Spaß an der Sache und mischten fröhlich mit.

Am Nachmittag gelang Steffen ein außergewöhnlicher Schnappschuss: ein riesiger schwarzer Hund hob gerade sein Bein an der Einfahrt zum Bauernhof. „Nun schreib aber bitte nicht: Hund pinkelt an Einfahrt!" mahnte Oma Hilde. Werner hatte dafür einen Titel parat: Hofhund markiert sein Revier! Uns fielen noch einige andere passende Titel ein, und wir lachten und alberten vor dem Tor herum, bis plötzlich der Bauer erschien. „Darf ich auch mal mitlachen, wenn es vor meinem Hof so lustig ist?" fragte er. Steffen zeigte ihm den Schnappschuss auf dem Display, und der Bauer fand ihn sehr gelungen. Dann rief er seinen Hund herbei, und Steffen durfte ihn noch einmal fotografieren, wie er lammfromm und treuherzig dreinblickte. „Das kann man als „vorher-nachher-Bild" bezeichnen, schlug der Bauer vor, was für Steffen auch in die nähere Auswahl kam.

Nach diesem sehr gelungenen Wandertag sah ich mir noch die Gegend und den Chiemsee an und nach wenigen Tagen war mein Urlaub vorbei. Vorher ging ich mit Steffen noch einmal alle gesammelten Fotos und Titel durch. Ich riet ihm, für die Mappe dunkelgrüne oder schwarze Pappe zu verwenden, einen silbernen Stift zu benutzen und das alles mit einer silbernen Kordel zu heften. „Das sieht ganz edel aus und macht Eindruck." Ich gab Steffen meine Anschrift und bat um Nachricht, wie denn die ganze Aktion ausgehen würde.

Nach einigen Wochen bekam ich einen Brief:

Liebe Frau Sonja!

Ich habe meine Mappe so gestaltet, wie Sie mir vorgeschlagen haben. Ich habe eine EINS bekommen und deshalb möchte ich mich ganz herzlich für Ihre Hilfe bedanken. Später werde ich bestimmt einmal ein Fotograf.

Viele Grüße
Steffen

Der Opernsänger und der Jäger

Paula war ein aufgewecktes kleines Mädchen, das gerade eingeschult worden war. Sie war sehr wissbegierig und löcherte ihr Umfeld mit vielen, aber gar nicht so dummen Fragen. Ihre Schlussfolgerungen trugen häufig zur Erheiterung der gesamten Verwandtschaft bei.

Die Festlichkeiten ihrer Verwandtschaft fanden fast immer im Hause von Paulas Großeltern statt, denn diese hatten ein großes Haus und genügend Platz zur Verfügung. Im Bekanntenkreis der Großeltern befand sich auch ein Opernsänger, ein älterer, gutaussehender Herr mit weißem, wallendem Haar. Er war wohl im Ruhestand, aber zu den Festlichkeiten war er stets eingeladen und gab dann auch immer ein kleines, privates Konzert, sang einige Arien und Lieder und begleitete seinen Gesang mit dem Klavier.

Paula war geradezu fasziniert von diesem Herrn, der mit Vornamen Giselher hieß. Auch er mochte Paula sehr, beantwortete bereitwillig all ihre Fragen und erklärte ihr geduldig, woher z.B. sein ungewöhnlicher Vorname kam oder wie eine Oper aufgeführt wurde. Einmal hatte er ihr sogar das gesamte Klavier erklärt, indem er sie, nachdem er den oberen Deckel geöffnet hatte, und hineinschauen ließ, so dass sie Funktion der Taste, der Hämmer und Dämpfer erkennen konnte.

Während einer der Familienfeiern gab „ihr bester Freund Giselher", wie Paula ihn nannte, eines seiner kleinen Konzerte. Zum Abschluss sang er dann immer das schöne Lied „Grün ist die Heide". Gleich in der ersten

Zeile lautete der Text: kam ein junger Jäger an, trug ein grünes, grünes Kleid. Paula stutzte. Wieso trug der Jäger ein Kleid? Sie hatte schon einmal einen Jäger gesehen, als sie mit ihren Eltern zum Tannenbaumschlagen im Wald gewesen war. Dieser Jäger hatte eindeutig eine Hose getragen und dazu dicke Winterstiefel. Sie beschloss, der Sache auf den Grund zu gehen.

Bei nächster Gelegenheit verwickelte sie Giselher in ein Gespräch und kam dann auch gleich auf den Punkt: „Onkel Giselher, in dem schönen Lied von der grünen Heide, da kommt doch dann immer ein junger Jäger an, und der trägt ein Kleid, noch dazu ein grünes. Ist das für einen Jäger nicht furchtbar unpraktisch? Und besitzt der Mann denn keine Hose?"

Giselher lachte laut. Dann erklärte er Paula, dass man in alter Zeit statt Kleidung das Wort Kleider benutzte, und es bezog sich auf Frauen- wie auch auf Männerkleider. Da das Lied schon sehr alt ist, und es sich auch noch reimen musste, hat der Dichter eben das Wort Kleid verwandt. Paula bedankte sich, hatte sie doch wieder etwas dazugelernt.

Der Nachmittag verlief wie immer. Nach dem Kaffeetrinken und nachdem alle noch ein Likörchen eingenommen hatten, setzte sich Giselher an das Klavier und begann mit seiner Darbietung. Auch das Lied von der grünen Heide sollte wie immer der Schlusspunkt sein.

Aber oh Schreck! Nach der ersten Zeile bekam er einen fürchterlichen Hustenanfall, der gar nicht wieder aufhören wollte. Er hustete und prustete in seinen weißen Schal, den er immer trug. Paulas Großmutter eilte sofort in die Küche, um einen Erkältungstee zu kochen.

Nach einiger Zeit war der Hustenanfall beendet und Giselher entschuldigt sich, dass sein Konzert so abrupt geendet hatte. Dann erzählte er seinen erstaunten Zuhörern von dem Gespräch, das er mit Paula geführt hatte und schloss mit den Worten: „Das hätte mir als altem Hasen natürlich nicht passieren dürfen. Aber als ich an der betreffenden Zeile angekommen war, sah ich plötzlich vor meinem geistigen Auge einen Jäger in einem langen grünen Kleid durch den Wald pirschen. Da konnte ich vor lauter Lachen nicht mehr weitersingen!"

Ein Theatererlebnis

Als junges Mädchen lebte ich im Landkreis Flensburg. Dort gab es einen sog. Kulturkreis, zu dem eine Blaskapelle, ein Spielmannszug, ein Chor und auch Abos für das Stadttheater in Flensburg gehörten. Die Vorstellungen umfassten Theaterstücke, Operetten und Opern sowie auch Konzerte aller Art. Meine Tante Christine und ihr Mann Otto hatten ein solches Abo, und als sie einmal einen anderen Termin hatten, durften meine Cousine Käthe und ich stellvertretend zu einer Opernaufführung fahren. Die Zuschauer wurden in den Dörfern der Gemeine per Bus eingesammelt und nach den Vorstellungen wieder verteilt.

Käthe und ich saßen erwartungsvoll auf unseren Plätzen im Zuschauerraum. Nun war dies aber zu einer Zeit, als Bill Haley, Chuck Berry, Ted Herold und Konsorten unterwegs waren. So waren die einsetzenden Opernklänge für unsere Ohren eine absolute Zumutung.

Käthe und ich sahen uns an. Dann hielt Käthe ein Taschentuch vor ihren Mund und machte sich auf den Weg in Richtung Ausgang. Ich eilte hinterher und murmelte so etwas wie: „Ihr ist etwas schlecht geworden". Die Leute machten verständnisvoll Platz, so dass wir die Sitzreihe verlassen konnten. Aufgrund der Dunkelheit konnten wir unerkannt den Saal verlassen. Wir holten unsere Jacken von der Garderobe ab und schon bald standen wir vor dem Theater auf der Straße.

Das Wetter war ungemütlich kalt und wir beratschlagten, was wir nun unternehmen wollten.

„Wir dürfen vor allen Dingen den Bus für die Rückfahrt nicht verpassen" meinte Käthe. „Ich habe eine Idee" sagte ich, „ich weiß, wo sich die Busfahrer bis zur Rückfahrt aufhalten. Es ist eine ganz kleine Kneipe am ZOB, wo auf der Rückseite auch die Busse stehen. Wir bestellen uns dort etwas zum Trinken und warten. Wenn die Fahrer aufbrechen, gehen wir einfach mit."

Gesagt – getan. Als wir das Lokal betraten, saß der Fahrer unseres Busses mit einigen Kollegen beim Skatspiel. Wir kannten uns natürlich, da er auch den täglichen Linienbus fuhr, mit dem wir zur Schule, zur Lehrstelle oder zur Arbeit nach Flensburg fuhren. Er fragte uns erstaunt, ob die Vorstellung im Theater schon zu Ende sei. „Uns hat die Musik nicht gefallen, deshalb sind wir vorzeitig gegangen" erklärte ich ihm. Die Männer lachten und wandten sich wieder ihrem Skatspiel zu.

Wir bestellten uns, für junge Leute damals obligatorisch, Cola und suchten uns einen Platz an einem der Tische. Zwei ältere Herren Busfahrer saßen sich an einem Tisch gegenüber und spielten Kutscherskat. Ich schlenderte mit meiner Cola in der Hand an den Tisch heran und fragte, ob ihnen der dritte Mann fehlen würde. „Es kann auch eine dritte Frau sein" meinte einer der Herren. Somit war ich aufgefordert, an der Skatrunde teilzunehmen.

Käthe kam auch mit an diesen Tisch. Sie konnte zwar nicht Skat spielen, aber sie langweilte sich keineswegs. Vielmehr verdonnerte sie mich dazu, sie demnächst in die Geheimnisse dieses Spiels einzuweihen. Es wurde ein sehr vergnüglicher Abend, wir spielten um 1/10 Pfennig und am Ende hatte ich etwa 10 Pfennige verloren.

Irgendwann sah dann einer der Herren auf die Uhr und verkündete: „Jetzt letztes Spiel und dann Abmarsch!" Mit dem Bus fuhren wir zum Stadttheater, wo die Zuschauer busseweise eingesammelt wurden. Auf der Rückfahrt fragte uns eine Nachbarin: „Wo seid ihr denn abgeblieben? Ich habe euch gar nicht mehr auf euren Plätzen gesehen." „Wir haben uns anderswo hingesetzt" sagte Käthe. Und das war noch nicht einmal gelogen.

Geschichten von Klara Porsche

Die Kochkunst meiner Mutter

Hanna hatte ihren Traummann in Rainer gefunden. Das war Liebe auf den ersten Blick. Die klassische Reihenfolge haben sie eingehalten: verliebt, verlobt, verheiratet. Nach der Traumhochzeit und Flitterwochen auf Bali kehrte der Alltag in die gemütliche Drei-Zimmer-Eigentumswohnung ein. Die Liebe war groß, aber das reichte nicht immer zum Sattwerden. Es gab nur ein Problem, nein eher zwei: Aber das der Reihe nach!

Hanna konnte überhaupt nicht kochen. Aber sie wusste es: dass die Liebe bekanntlich durch den Magen geht. Deswegen versuchte sie mit viel Zeit und Liebe, jeden Tag etwas Schönes und Leckeres auf den Tisch zu bringen. Sie kaufte Kochbücher, schrieb Rezepte aus der Zeitung ab, surfte im Internet; sogar einen Kochkurs belegte sie. Zwar war sie berufstätig, aber jeden Tag pünktlich um 17 Uhr stand ein Drei-Gänge Menü auf dem Tisch. Natürlich alles perfekt dekoriert, den Tisch perfekt gedeckt. Die Kerze durfte auch nicht fehlen. Erwartungsvoll schaute sie auf ihren Mann, der genussvoll die erste Gabel in den Mund schob - aber, er sagte nichts. Nichts nach dem Hauptgericht und nichts nach der Nachspeise. „Liebling" nüsstelte Hanna! „Hat es dir geschmeckt"? „Jaaa! Ganz gut! Aber bei meiner Mutter hat es anders geschmeckt". Zack! Das hatte gesessen! Und der Satz: Bei meiner Mutter hat es anders geschmeckt, wiederholte sich jeden Abend. Hanna strengte sich doppelt und dreifach an. Sie ging in aller Herrgotts Frühe auf den Markt, um die besten Zutaten zu kaufen. Nach der Arbeit rannte sie nach Hause, um das Essen pünktlich zu servieren. Aber, der berühmte Satz wiederholte sich Abend für Abend: „Bei meiner Mutter"... (Ich wusste das schon). Bis zum letzten Tag vor Hannas Geburtstag. Sie blieb ein wenig länger auf der Arbeit, hinterher ging sie mit ihrer Freundin ins Kino, die sich schon lange beklagt hatte, dass Hanna nie Zeit für sie hatte. Der lustige Mädelabend hatte ein wenig länger gedauert als gedacht. Sie hatte nicht mehr so viel Zeit wie gewohnt zum Kochen.

Aber egal dachte Hanna. Mit meiner Schwiegermutter kann ich sowieso nicht mithalten. Aus lauter Frust kaufte sie beim ALDI eine Dose serbische Bohnensuppe. Sie schaffte es, fünf Minuten vor Rainer zu Hause einzutreffen. Sie öffnete schnell die Dose, kippte sie in einen Topf und stelle alles auf großer Flamme auf den Herd. Dann klingelte es schon, die Begrüßung fiel nicht wie gewohnt herzlich aus. Hanna musste in die Küche rennen, wo die Suppe schon leicht angebrannt war. Aber es half nichts. Rainer saß schon am ungedeckten Tisch und schnupperte genussvoll: „Genau so hat es bei meiner Mutter gerochen und genau so geschmeckt".

Bahnstreik

Ihr habt Euch bestimmt schon mal gefragt, wer für die Misere bei der Deutschen Bundesbahn verantwortlich ist. Wer ist für die Verspätungen, runterfallende Oberleitungen, vereiste Waggons, ausgefallene Klimaanlagen und für die total verdreckten Züge verantwortlich! Ich weiß die Antwort darauf: ich beichte Euch: Ich, ich ganz alleine!!!

Und es kam so: An einem grauen Oktobervormittag wollte ich zu unserer Tochter nach Lüneburg fahren. An diesem Tag war wieder Streik angekündigt. Mit vielen hundert Menschen stand ich auch am Bahnsteig und schaute ziemlich ratlos auf die Anzeigetafel, die uns in diesem Moment keine große Hilfe war. Plötzlich schoss eine aufgeregte junge Frau auf mich zu und herrschte mich an: „Wie komme ich nach Neumünster"? Ich schaute sie ziemlich bedeppert an und antwortete wahrheitsgemäß: „Keine Ahnung"!! „Von welchem Gleis aus fährt der Zug jetzt"? schimpfte die Frau los.

Ich zuckte wieder mit den Schultern und antwortete: „Keine Ahnung"! Die junge Dame wurde immer nervöser und ließ nicht locker. „Muss ich jetzt erst nach Altona und von dort aus nach Neumünster"?

„Keine Ahnung" war darauf meine Antwort. Meine Ahnungslosigkeit machte sie immer wütender. „Ich muss jetzt auch noch umsteigen, nee"? fauchte sie mich an. Meine Antwort klang nun etwas anders – aber inhaltlich gleich. „Es kann gut sein" – gab ich leise von mir. „Wahrscheinlich haben Sie keine Ahnung, wie ich zu meinem Termin pünktlich ankomme" und fuchtelte wütend mit ihren Armen. „Sie haben Recht, ich habe wirklich keine Ahnung", war meine ruhige Antwort.

Aber die Frau ließ nicht locker und wurde immer wütender. „Hoffentlich haben Sie eine Ahnung wie ihr Name ist". Frau Porsche gab ich zurück und ich war selber etwas erleichtert, dass ich doch etwas weiß. Aber die Frau war wieder nicht zufrieden. „Ja, keine Ahnung von nix und sie wollen mich auch noch verarschen... Frau Mercedes"!

„Aber ich habe die Uhrzeit notiert und ich werde mich bei Ihrem Vorgesetzten schriftlich beschweren.

Kein Wunder, dass bei der Bahn nichts mehr klappt – es herrscht nur Chaos- wenn sie solche Ahnungslosen einstellen"- und sie verschwand wütend und schimpfend in der Menschenmenge.

Ich blieb irritiert zurück und schaute mich um. Na, nächstes Mal. „Um solche Überfälle zu vermeiden, ziehen Sie nicht mehr eine dunkelblaue Jacke und ein rotes Stirnband an", klärte mich ein junger Mann auf, der die ganze Zeit amüsiert zuhörte.

Trolli

Ich möchte mich vorstellen:

Mein Name ist Trolli. Ich bin ein Koffer. Ich glaube, ein praktischer Helfer für Leute, die viel verreisen- Man kann mich hinterherziehen oder an der Seite mitschieben. Ich habe stabile Räder und viele Taschen, wo man lauter nützliche Dinge verstauen kann. Nur mit meinem Aussehen gibt es ein Problem, ich sehe ein wenig langweilig aus; glaube ich! Daran mag es wohl liegen, dass ich lange lange Zeit in einem Kaufhaus in der Ecke stand. Meine Kollegen, die roten, silbernen, blauen und lilafarbenen fanden schnell Besitzer. Sogar die eingebildeten, die sich Samsonite nennen, wurden schnell verkauft. Obwohl sie nicht viel besser waren als ich, nur teurer. Ja, der Preis! Den habe ich zu spüren bekommen. Einmal habe ich zu hören bekommen: „Das langweilige Ding. Steht es immer noch da? Den machen Sie mal schnell 15% billiger, damit er schnell wegkommt. Wir brauchen den Platz für die neue Sommerkollektion". So wurde ein rotes Etikett auf meinen Rücken geklebt, ein wenig mit dem Staubwedel über mich gestrichen. Das war auch nötig, weil ich dabei niesen musste. Soviel Staub hat sich auf meinem Körper angesammelt. Somit fand ich mich ein bisschen besser und schaute optimistisch die Käufer an. Die kamen aber nur zögernd. Ein junges Ehepaar hatte einen orangenen Koffer mitgenommen, weil er angeblich lustig aussah. Ich stand weiterhin traurig in der Ecke – bis auf einmal zwei freundliche Damen vor mir stehen blieben:

„Guck mal Sophia", sagte die Ältere: Er sieht sehr praktisch und stabil aus. Und der Preis! Sehr günstig. Er gefällt mir. „Ja Mama", sagte die Jüngere. „Ich glaube er passt zu Dir und wird Dir auf Deinen Reisen Dein treuer

Begleiter sein". Sie überlegten nicht lange, das war Liebe auf den ersten Blick. Sie mochten mich- und ich sie auch. Sie haben mich bezahlt und mit mir das Kaufhaus verlassen. Ich war mir sicher, für mich fängt ein tolles, spannendes Leben an. Ich behielt Recht. Die ältere Frau, die von allen Klara genannt wurde, musste viel verreisen. Immer nach Karlsruhe. Ich war glücklich. Sie hat mich immer liebevoll gefüllt, mein Bauch wurde mit Bilderbüchern, Süßigkeiten, Spielsachen und Kinderkleidung vollgepackt. „So mein lieber Trolli" sagte sie, als sie meinen Reißverschluss zumachte, „morgen geht es wieder los. Zu meinen lieben kleinen Mäusen. Sie werden sich freuen, dass Oma mit dem schwarzen Koffer wieder eintrifft". Nach langer Bahnfahrt kamen wir immer gut und glücklich in der Stadt an, wo Johann und Katharina wohnen. Und die Freude war jedes Mal groß. Was zaubert Omi aus dem Trolli? Für mich war es das ganze Glück, wie die glänzenden Kinderaugen mich erwartungsvoll anschauten. Und Omi sagte: „nun mal sehen, was ich im Koffer für euch habe".

Es kamen Malstifte, Bücher, Knete und Autos und Püppchen zum Vorschein! Die Freude war immer groß! Mein Leben könnte nicht schöner sein. So konnte es immer weitergehen. Ja, aber es kommt oft anders, als man denkt. Meine Klara war auf der Rückreise von Karlsruhe nach Hamburg, wo wir wohnten. Ich freute mich immer, als ich den Lautsprecher hörte: Hamburg-Hauptbahnhof; alle aussteigen bitte! Es brach immer ein lebhaftes Durcheinander aus, alle wollten immer als erste den Waggon verlassen. Warum? Ich verstand es nicht immer. Aber viele wollten noch irgendwelche Anschlusszüge erreichen. Oder als erste am Taxistand sein. Meine Klara ließ sich immer Zeit. Bloß keine Hetze sagte sie. Wir sind zu Hause angekommen, wir brauchen uns nicht zu beeilen. So kannte ich es von ihr. Aber einmal passierte etwas!

Ich spürte nichts Gutes. Im großen Getümmel hörte ich junge Männerstimmen: „Hey Jungs! Schnell die Koffer holen", wir müssen noch die Nordbahn nach Sylt erreichen. Zum Umsteigen haben wir nur vier Minuten Zeit. So kam es: eine hektische Männerhand griff nach mir und schleppte mich hastig zur Tür.

Klara, Hilfe! Ich werde entführt, schrie ich verzweifelt, aber meine Stimme war in diesem Chaos nicht zu hören. So kam es, dass ich mit wildfremden Männern auf einer Insel gelandet bin. Ich war verzweifelt, was wohl jetzt meine Klara macht. Vermisst sie mich? Wird sie mich suchen? Und wenn? Wie findet sie mich wieder! Aus meinen trüben Gedanken wurde ich durch lautes Gelächter gerissen. Hey Jens, bist du jetzt zur Frau geworden? Wir wussten bis jetzt nicht, dass du heimlich Damenbekleidung trägst .Das ist doch gar nicht mein Koffer, sagte Jens und lief rot im Gesicht an.

Ja, sage ich doch die ganze Zeit, erwiderte ich, aber auf mich hört ja keiner. Ich will nach Hamburg, zu Klara! Aber bitte sofort. Wenn mein Schimpfen die Jungens verstanden hätten. Sie brachten mich zunächst zum Bahnhof. Sie stellten mich in einen Raum, wo ich lustige Mitbewohner bekommen habe. Ganz viele Regenschirme, Gehstöcke, Stoffteddys, Laptops, sogar ein Rollator stand neben mir. Alle hatten lustige Geschichten zu erzählen. Wie sie hingekommen sind, und teilweise von den Besitzern wieder abgeholt wurden. Sie haben mir echt Hoffnung gemacht. Beruhige dich, sagte der Rollator mit sanfter Stimme, deine Klara wird kommen. Und dich schnell wieder abholen. Und er behielt Recht. Nach zwei langen Tagen und zwei Nächten hörte ich die vertraute Stimme: Ja, das ist mein Trolli. Durch Internet und Suchportal wurde ich ausfindig gemacht.

Gott sei Dank habe ich Dich wieder, streichelte mich Klara. Und ich weiß es nicht, wer glücklicher war, sie oder ich.

Eine Fahrt mit dem Metrobus nach Berlin

Es war ein verregneter, dunkler Herbsttag in Hamburg. Ich saß fast alleine im Metrobus 24, der die Strecke zwischen Rahlstedt und Niendorf fährt. Der Bus hielt auch an der Haltestelle Meiendorfer Weg. Genau dort, wo das Pflegeheim Sonnenschein ist. Dort stieg eine alte Dame in den Bus. Genau gesagt, sie versuchte es. Mit Stock, Regenschirm und einer großen Tasche war der Einstieg gar nicht so einfach. Ich sprang auf und bat sofort meine Hilfe an. „Danke meine Liebe", strahlte mich die Dame an. „Ich habe es noch rechtzeitig geschafft. Ich fahre nach Berlin zu meiner Tochter. Sie ist Ärztin, und ich muss auf meine kleine Enkelin aufpassen". Ich schaute mich eine Sekunde verwirrt um, aber der Fahrer kam mir sofort zu Hilfe. Er hatte die Situation gleich erkannt. Ja, genau! Es geht los.

Wir fahren nach Berlin. Sie kommen ganz bestimmt pünktlich an. Die alte Dame setzte sich ruhig und glücklich neben mich. Jetzt hatte ich auch die Situation erkannt. „Alles klar, flüsterte ich dem freundlichen Busfahrer zu". Wir hatten uns auch ohne Worte verstanden.

Die alte Dame fing an neben mir ihre Tasche auszupacken. „Die Fahrt nach Berlin dauert schließlich drei Stunden. Man kann nicht ohne Reiseproviant reisen." Zum Vorschein kamen zwei Brötchen, 1 Müsliriegel, 1 Apfel und eine Mandarine. „Haben sie gar nichts mit"? drehte sie sich freundlich zu mir. „Na ja, bis Poppenbüttel, eh, oh", stotterte ich, „ich habe vergessen, etwas einzupacken", verbesserte ich mich. „So ist die heutige junge Generation". Das tat mir natürlich gut, dass sie mich für jung hielt! Sie bat mir sofort ein Brötchen an, ich bedankte mich höflich dafür. Inzwischen stiegen zwei junge Mädchen ein. Ihnen wurden der Müsliriegel und die Mandarine angeboten. Sie hatten uns auch verstanden und freuten sich, dass sie bis Berlin so gut versorgt sind. Sie wollten sich auch revanchieren und aus ihren Rucksäcken holten sie eine Milchschnitte und einen Hustenbonbon heraus. Sie bedauerten es sehr, dass sie noch vor „Berlin" aussteigen mussten, aber sie winkten freundlich zurück und wünschten uns weiterhin eine gute Fahrt. Nun merkte ich, dass der Busfahrer inzwischen telefoniert hatte. „Ja, ja! Genau! Genau! Sie brauchen sich keine Sorgen zu machen. Die alte Dame ist bestens versorgt. Wir erreichen Berlin, (Spaß) Poppenbüttel in 20 Minuten, sagte er". Dort habe ich etwa fünf Minuten Wartezeit. Sie können sie dort abholen.

Bis zum Poppenbütteler Bahnhof führte ich ein nettes Gespräch mit meiner Reisebegleiterin. Sie erzählte viel über ihre Tochter, Enkelin, über ihren Mann und über die regelmäßigen Fahrten nach Berlin und die vielen netten Mitreisenden. Als wir den Busbahnhof in Poppenbüttel erreicht hatten, stand dort schon ein Kleinbus mit der Aufschrift „Pflegeheim Sonnenschein". Die junge Krankenpflegerin nahm freundlich und strahlend die Dame in Empfang. „Herzlich willkommen wieder bei uns". Die alte Dame drehte sich zu mir und dem Fahrer: „Sehen sie, meine Tochter holt mich immer in Berlin ab" – und meinte die Krankenpflegerin.

Die Krankenpflegerin erzählte mir noch schnell, dass die alte Dame Frau Schulz heißt, ehemalige studierte Apothekerin ist und damals fließend drei Sprachen beherrschte. Seit fünf Jahren litt sie unter Demenz, erkennt niemanden mehr. Und unternimmt regelmäßig Fahrten nach Berlin. Die Fahrer der Buslinie sind alle eingeweiht und sagen dann im Heim Bescheid. Aber diese kleinen Ausflüge machen Frau Schulz glücklich und ausgeglichen. Die alte Dame stieg inzwischen in ihr Taxi ein und fuhr mit ihrer „Tochter" heim.

Diese Fahrt bleibt mir noch lange in Erinnerung. Viele hilfsbereite Menschen und eine schreckliche Krankheit.

Guten Appetit

Wenn ich Geburtstag habe, möchte ich auftrumpfen. Ich lade gerne Gäste ein und verwöhne sie mit vielen Leckereien. Ich gehe mit einer Menge Speisen ins Rennen. Zum Beispiel: Eine leckere Vorspeise, vielleicht ein Nudelsalat nach Jamie Oliver, danach eine würzige Gulaschsuppe als Hauptspeise. Und dann mein berühmter Zitronenkuchen, von dem früher alle schwärmten.

Der Geburtstagskuchen durfte auch nicht fehlen. Eine Schichttorte mit vielen Böden aus Bisquit. Dazwischen Schokoladencreme. Natürlich alles selbst gemacht. Ich freute mich über die vielen Gäste, die zu uns kamen. Frühere Kollegen, Nachbarn, Freunde und Freundinnen aus der Studienzeit und aus dem Fitnessstudio. Ich habe mich immer über die leeren Teller, über die vielen Schokokrümmel und über die zufriedenen Gesichter gefreut. Bis jetzt. Aber in der letzten Zeit verläuft alles ein wenig anders.

Bei meinem letzten Geburtstag habe ich entsetzt festgestellt, dass meine Schokoladentorte kaum angerührt wurde. Am Tisch sehe ich Nils, den blonden schüchternen Sohn von Simone, wie er Kekse mampft, die er offenbar selbst mitgebracht hatte." Nils"? – fragte ich: „magst Du keinen Kuchen"? Die Mutter Simone war schnell mit der Antwort zur Stelle. „Nein, danke"! Er soll nicht so viel Zucker essen. „Und Du"? – fragte ich sie." Ich darf doch keinen Weizen". „Seit wann"? – frage ich erstaunt. Meine Frage bleibt unbeantwortet.

Ich gehe enttäuscht in die Küche, um Kaffee zu kochen. „Für mich bitte nur mit Sahne", - sagt Waltraud. Milch könne sie nicht vertragen, Sahne schon. Heidi fragt nach Kondensmilch. „Ich habe Laktoseintoleranz. Aber bei Kondensmilch bekomme ich keine Blähungen. Nur bei Kuhmilch". Sabine steht vor der Küchentür. „Hast Du entkoffeinierten Kaffee? Mein Magen verträgt kein Koffein". Ich will eben nachschauen, ob ich sowas zu Hause habe, da klingelt es an der Haustür. Andreas, der frühere Arbeitskollege von meinem Mann, steht da, mit einer großen Tüte in der Hand. Ein Geschenk für mich? Nein, er hat sein ganzes Essen mitgebracht, weil er neuerdings Veganer ist. Natürlich darf er meine Gulaschsuppe nicht anrühren, und beim Anblick meiner Schokotorte bekommt er schon Schreikrämpfe. Was er essen darf? Nur fünf Gänge Salat. Natürlich nur aus biologischem Anbau.

Zaghaft versuche ich, meine Rindfleischrouladen zu servieren. Evi und Julia bedanken sich höflich mit einem „Nein". Sie ernähren sich jetzt streng nach dem Bioresonanzverfahren. Was das überhaupt ist – frage ich erstaunt? Weizen; Laktose und vom Zucker sollte man die Finger lassen.

Livia und Werner sind zwar etwas großzügiger, aber wollen schon genau wissen, ob die Eier von freilaufenden, glücklichen Hühnern sind, ob die Bohnen und Kartoffeln aus ökologisch-biologischem Anbau stammen und die Himbeeren aus der Region kommen oder aus welcher Tierhaltung die Rinder stammen. Weil ich den kompletten Lebenslauf meiner Rinder nicht kenne, rühren sie meine Rouladen nicht an.

Nur meine gute Freundin Christiane fehlt in diesem Jahr. Sie hat eine ayuverdische Entgiftungskur mitgemacht. Wo mit Massagen, Ölen, Ölgüssen, Eisläufen und Kräuterpräparaten die Gifte entfernt werden und die Energie wieder ins Lot kommen soll. Dabei werden quecksilberhaltige Substanzen in den Körper eingeführt. „Wie bitte"? – frage ich ganz dumm. Ich denke, Quecksilber gibt es nur im Thermometer und es ist hoch giftig!! „Ja, unsere arme Christiane ist nach dieser ganzheitlichen Behandlung fast gestorben. Sie hat 15 kg an Körpergewicht verloren, wobei sie immer dünn war. Ihre Zähne sind fast ausgefallen".

So viele Fragen, so viele Abneigungen. Dabei wollte ich doch nur, dass wir gemeinsam genießen. Ich meine Gemeinsam! Nicht zusammen jeder für sich. Einfach mal „normales essen." Aus Spaß und Freude!

Der Baum muss weg

Der Baum muss weg – ein klares Wort. Es ist uns sehr schwer gefallen, über unsere Birke das Todesurteil auszusprechen. Sie stand 20 Jahre lang vor unserer Terrasse. Jedes Jahr hat sie uns mit ihrer wundervollen Pracht verzaubert. Viele Vögel haben ihre Nester in ihren Baumkronen gebaut. Ein Specht klopfte begeistert auf ihren Stamm und holte dicke Würmer raus. Wir haben eine Eichhörnchenfamilie beobachten können, die wie Luftakrobaten von Ast zu Ast turnten. Aber es half alles nichts. In all den Jahren ist unser Baum zu hoch geworden, und bei dem letzten Sturm geriet er in gefährliche Schieflage. Mein Mann musste einen Baumspezialisten (früher Baumfäller genannt) bestellen und wollte einen Kostenvoranschlag einholen. Unser Nachbar, Herr Meier, hatte auch zwei Büsche vor der Haustür, die er gerne bei dieser Gelegenheit ebenfalls entfernen lassen wollte.

Der Baumfäller hatte sich für den 10. Oktober um 8.30 Uhr angemeldet. Mein Mann musste leider –wie das so manchmal ist- um 8.00 Uhr zum Arzt zur Blutabnahme. Er hatte mir aber gesagt, dass ich unbedingt den Baumfäller reinlassen solte, falls er sich etwas verspäten würde. Ich schaute auf die Uhr – es war 8.15 Uhr. Ich dachte, ich habe noch etwas Zeit um unter die Dusche zu gehen. Gesagt, getan. Als ich mich eingeseift und die Haare nass gemacht hatte, klingelte es an der Haustür! Oh- der Baumfäller!! Ich wickelte mich in ein Badetuch, oben ein kleines Handtuch; und so bekleidet riss ich die Haustür auf. Vor der Tür stand ein Mann in einem karierten Hemd, wattierte Weste, Jeans-Turnschuhen und unter dem Arm ein Katalog. „Oh, kommen Sie schnell rein in die gute Stube. Wollen Sie vielleicht noch eine Tasse Kaffee, bevor ich Ihnen das gute Stück zeige", sagte ich und hielt so gut ich konnte meine Handtücher fest. Der Mann schien leicht irritiert zu sein und fragte mich:

„Oder wollen sie noch den Katalog anschauen?" „Ja", sagte ich, aber ich wusste nicht, dass wir für sowas auch einen Katalog anschauen müssen. Außerdem gesellt sich mein Mann auch gleich zu uns.

Der Mann wurde sichtlich immer nervöser. Aber ich redete immer weiter. „Und wenn wir den Katalog angeschaut haben, müssen Sie die Birke auch noch anschauen. Sie muss nämlich weg. Und bei den Nachbarn auch zwei Büsche". Das war der Moment, wo der Mann aufsprang und im Laufschritt das Haus verließ. Diesmal war ich irritiert, was hatte ich falsch gemacht?

Eigentlich alles!! Als mein Mann und auch noch der Nachbar den Mann vor der Haustür auf Birke und Büsche angesprochen hatten, rief er laut und nervös: „Ich spinne! In bin im Irrenhaus"!

„Die Frau wollte mich verführen, sogar ihr Mann sollte dabei sein, dann reden sie alle von irgendeiner Birke und Büschen. Sie haben alle eine Meise".

„Ich bin bei den Maltesern und bin hier für einen guten Zweck".

Die neue Küche

Eva und ihr Mann Manfred haben eine alte Villa gekauft. Märchenhaft gelegen im Naturschutzgebiet in Duvenstedt. Ein traumhafter Garten, schöne Terrasse und viele helle Zimmer. Sie haben mit viel Liebe, Geduld und Sachverstand mit der Renovierung angefangen. Es klappte alles hervorragend. Eva war eine Perfektionistin. Sie hat auch ein paar Semester Architektur studiert und deswegen hatte sie jede Menge Fachwissen und natürlich einen sehr guten Geschmack. Als sie mit der Renovierung fertig waren, kam die Einrichtung der Räume dran. Da passte auch alles zusammen. Von den Gardinen bis zu den Bezügen der Sofakissen. Sogar die Farbe der Orchideen auf der Fensterbank war farblich zu den Gardinen abgestimmt. Nun fehlte noch die Küche. Eva hatte in einem teuren Küchenstudio die komplette Kücheneinrichtung bestellt. Alles in beige mit braunen Leisten daran. Es hatte 14 Tage gedauert, bis die edlen Stücke geliefert und montiert waren. Danach wurde Zubehör ausgesucht und gekauft. Alles in beige und braun. Die Küchengardinen, der Wasserkocher, Kaffeemaschine, Geschirrtücher und sogar die Topflappen. Alles beigebraun. In letzter Minute wurde eine Brotschneidemaschine, Toaster und ein Eierkocher in der passenden Farbe angeschafft.

Nun war der Tag gekommen, als der Bauleiter anrief und Eva mitteilte, dass sie die eingebaute Küche besichtigen kann. Sie kam und schnappte nach Luft. Die beigen Möbel standen da, wie vereinbart, aber die Leiste: Oh mein Gott! In blau, so in Richtung metall-blau! Was soll nun werden? Alles ausbauen? Viel zu viel Arbeit und viel zu viel Zeitverlust. Eva wollte versuchen, auf die Schnelle die Geräte und die Küchentextilien umzutauschen. Die braune Kaffeemaschine wurde in den Keller verstaut und in Windeseile eine neue in blau gekauft. Gottseidank hatte Eva die Quittungen für die meisten Küchengeräte aufbewahrt, so dass sie einiges umtauschen konnte, natürlich in blau. Obendrauf hatte Eva noch einen Stabmixer dazugekauft, ebenfalls in blau. Die Geschirrtücher und die Topflappen hatten auch in ein paar Tagen die Farbe gewechselt; aus beige wurde blau. Eva hat sich sehr gefreut, alles in letzter Minute erledigt zu haben, aber ein schlechtes Gewissen wegen der hohen Extrakosten hatte sie schon.

Aber es kam noch schlimmer. Endlich war der Tag der Schlüsselübergabe gekommen. Der Bauleiter führte Eva durch das Haus , zum Schluss in die Küche. „Das sieht aber perfekt und schön aus", strahlte der Küchenprofi. „Nur die blaue Schutzfolie muss noch abgezogen werden." Darunter waren die beigen Leisten - wie vereinbart!

Katzen haben doch sieben Leben oder Totgeglaubte leben länger

Bella ist Heidis großes Schätzchen. Wie ihr Name das zeigt: sie ist hübsch, schlau und anhänglich. Bella ist eine einfache Hauskatze . Aber für ihre Menschenfamilie ist sie die Beste. Sie ist kein Stubentiger. Nein. Sie verbringt die Tage zwar verschlafen, träge und wohl genährt auf dem Sofa. Aber die Nächte! Die Nächte gehören ihr. Sie war ständig unterwegs. Was sie tat und erlebte: das blieb ihr Geheimnis. Nur einige Flecken, kahle Stellen und abgebrochene Krallen haben auf einige Kämpfe hingewiesen. Aber Bella war immer zum Frühstück zu Hause. Und das schon seit 10 Jahren. Heidi hatte immer Angst um ihren Liebling. Sie wohnen nämlich in Rahlstedt, und ihr Haus liegt direkt an der B 75. Eine sehr belebte Landstraße in Richtung Lübeck. „Bella mein Liebling, pass auf dich auf" sagte Heidi und streichelte ihr über das Fell und war jeden Morgen erleichtert, wenn ihre Katzendame wieder heil nach Hause kam.

Eines Tages passierte es dann: Früh am Morgen hatte Heidi einen Arzttermin. Eine wichtige Magenspiegelung. Sie sollte schon um 8 Uhr in der Praxis sein. So machte sie sich um ½ 8 auf den Weg. Sie schaute noch kurz nach ihrer Katze. Zu diesem Zeitpunkt war Bella meistens zu Hause und verlangte mit einem lauten Miau nach Frühstück. Aber diesmal war sie noch nicht da. Heidi musste sich dennoch auf den Weg machen. Sie überquerte die kleine Nebenstraße und wollte bei der nächsten Kreuzung die B 75 überqueren. Da blieb sie plötzlich abrupt stehen. Ihr stockte der Atem! Vor ihr lag eine totgefahrene Katze, „Bella"!! schrie sie auf! „Mein Liebling." Mit Tränen in den Augen lief sie nach Hause und informierte ihren Mann. Er kam gleich mit Spaten und einer Plastiktüte angelaufen. „Ich kümmere mich um alles". Er kannte seine Frau und wusste, das Heidi einer Ohnmacht nahe war. Der Arzttermin wurde abgesagt und Heidis

Mann grub ein tiefes Loch im Garten. Genau dort, wo Bellas Lieblingsplätzchen war. Heidi pflückte Blumen und band einen Kranz. ihr Mann zimmerte auf die schnelle ein Kreuz. Er war dabei, mit schwarzer Farbe BELLA draufzuschreiben. Eine standesgemäße Beerdigung sollte unsere Bella erhalten, sagten die beiden. In dieser Minute hörten sie ein lautes Miau aus dem Haus. Sie trauten ihren Ohren nicht! Wie? Was? Bella! Das kann doch nicht sein. Haben wir etwa eine fremde Katze beerdigt? Um viel nachzudenken, blieb ihnen aber keine Zeit. Bella sprang mit einem Satz aus der Küche in den Garten und wunderte sich. Was bedeutete diese Grabesstimmung hier? Warum schaut ihr mich so verdattert an? Und überhaupt- wo bleibt mein Frühstück?

In diesem Moment konnte man gar nicht sagen, wer glücklicher war, Heidi, die ihren Liebling wieder streicheln durfte, oder Bella?, die eine extra Portion Leckerli bekam.

Die Liebe über den Tod hinaus, oder Die Geschichte des Ringes

Erinnerung an meine lieben Eltern

Wir schreiben das Jahr 1942. Die Welt steht in Flammen. Mein Vater, der zu diesem Zeitpunkt 20 Jahre alt ist, kämpfte an der Seite Deutschlands an der Front. Er wurde von der Universität abkommandiert und war für die Technik von Automotoren eingestellt. Aber seine Gedanken und sein ganzes Herz sind in Budapest bei seiner Freundin (bei meiner Mutter) geblieben. Der tägliche Gang zur Kirche war für meine Mutter selbstverständlich. Geweint, gezittert und gebetet, dass ihr geliebter Eugen heil und schnell aus diesem furchtbaren Krieg zu ihr zurückkehrt. Es gab damals kein Telefon, keine Post – so wusste man Monate, sogar Jahre nicht voneinander.

Dann geschah plötzlich ein Wunder: Budapest versank im Bombenhagel, das Haus von meinen Großeltern war auch getroffen. Sie lebten ängstlich, hungrig und deprimiert im Keller. Aber plötzlich erschien im Luftschutzkeller ein junger Soldat, und suchte Klara Groß, meine Mutter. Er war ein Kamerad meines Vaters. Er sollte meine Mutter aufsuchen und im Namen meines Vaters ein Geschenk als Zeichen seiner Liebe überreichen. Das war ein Ring. Mein Vater hatte ihn selber mit einer Nagelpfeile aus dem Plexiglasfenster von einem abgeschossenen amerikanischen Flugzeug gemacht.

Darin ein Foto von ihm: eine Liebesbotschaft: Ich liebe Dich – warte auf mich- ich komme zu Dir zurück! Das war wirklich ein Wunder, dass in diesen irrsinnigen Zeiten der Ring zu meiner Mutter kam.

Der Krieg ging dann langsam zu Ende. Mein Vater ist 1949 aus der Kriegs-gefangenschaft nach Hause gekommen. Zwar auf 45 kg abgemagert, aber ansonsten gesund und unverletzt. Sie haben dann im Jahre 1950 geheira-tet. Ich bin im Jahre 1951 zur Welt gekommen. Den Ring habe ich auch gekannt. Er war ständig in einem kleinen Etui in der Handtasche meiner Mutter. Sie verließ, ohne den Ring bei sich zu tragen, nie das Haus. Für sie war der Ring wertvoller als ein Ring aus Diamanten und Gold!

Die Jahre vergingen schnell. Ich bin wohl behütet aufgewachsen und habe immer gespürt, wie die Liebe zwischen meinen Eltern stand. Liebe, Res-pekt, Fürsorge und immer füreinander da zu sein.

Leider ist meine Mutter schon früh krank geworden. Das Herz machte ihr große Probleme. Nach zwei Herzinfarkten kam sie bewusstlos auf die Krankenintensivstation. Dort hatten Maschinen das Sagen und mein Vater durfte nicht zu ihr!

Bis zum 16. Dezember! Eben mit der Ärztin hat Papa telefoniert, die ge-sagt hatte: „Das Leben Ihrer Frau ist sehr kritisch". Nichts hielt meinen Vater mehr zu Hause. Wie er war – Hausschuhe, ohne Hut und Mantel, es war Dezember. Er sprang ins Auto –überfuhr rote Ampeln- und war im Krankenhaus.

Als er auf der Krankenintensivstation ankam, hat er durch die Glas-scheibe gesehen, wie die Ärzte die Geräte meiner Mutter abstellten. Er rannte ins Zimmer und nahm ein letztes Mal die Hand seiner geliebten Frau. Die Hand war zur Faust geballt. In dieser Sekunde verstarb sie, die Hand fiel zur Seite, und etwas fiel zu Boden! Das war der Ring! In ihrer Todesminute war mein Vater auch bei ihr.

Geschichten von Christel Schneider

Henriette, das Ringstraßen-Reh

„Henriette" rufen wir unser Reh, aber vielleicht ist es auch ein Henri!?

Seit Monaten kommen fast jeden Vormittag vier wunderschöne Rehe in meinen Garten. Sie kommen vom Bach her, der an einen Wald angrenzt. Obwohl ich einen Holzzaun habe, springen sie darüber und fressen meine Blumen.

Im Frühjahr, so im März, lieben sie meine Stiefmütterchen, dann die Rosen, und so geht es weiter und weiter. Nun weiß ich endlich, wer immer mein Fallobst futtert. Nur die Brunnenkresse bleibt unangetastet.

Wenn die Rehe dann genug haben, springen sie wieder über den Zaun und wandern gemütlich zum Bach zurück. Nur Henriette ist nicht zu bewegen, den Heimweg anzutreten. Sie ist neugierig und traut sich schon mal auf die Straße. Gefährlich ist es für sie nicht, denn es fahren dort nur wenige Autos vorbei; und Hunde, die ihr Unbehagen bereiten könnten, gibt es nicht. Nur ein paar Katzen stöbern herum, die haben jedoch Angst vor Henriette und laufen schnell weg, wenn sie im Anmarsch ist.

Nervös macht Henriette allerdings der neu angeschaffte Rasenmähroboter. Wenn sie sich im Garten aufhält, muss sie sehr vorsichtig sein, damit der Roboter sie nicht anfährt. Aber da muss Henriette durch, kann sie ja jederzeit wieder zurück in ihren Wald.

Das scheint Henriette jedoch nicht zu wollen. So haben die Nachbarn und ich von einem Bauern ein paar Strohballen geholt und bereiten „unserem Reh" ein Winterlager. Eicheln und Futterkarotten sind genügend da. Mal schauen, ob sie das annimmt oder ob sie doch lieber wieder zu ihren Gefährten in den Wald möchte.

Ausflug in die Vergangenheit

Meine drei Jahre jüngere Schwester und ich hatten die Idee, unseren ehemaligen Wohnort in Berlin-Zehlendorf aufzusuchen und unsere Hauptstadt auf den Spuren der Vergangenheit zu erkunden.

So kam es, dass wir im Juli 2017 gemeinsam von Hamburg aus (unserem jetzigen Wohnort) mit dem ICE nach Berlin fuhren, um unser Vorhaben zu verwirklichen.

Mit der U-Bahn fuhren wir dann in die Nähe des Dahlemer Wegs, wo wir mit unseren Eltern vor achtundsechzig Jahren gelebt hatten.

Es war sehr heiß an diesem Tag, und wir schlenderten, den Schatten suchend, die Allee hinunter, die uns zu unserem Ziel führen sollte. „Halt", rief ich plötzlich; meine Schwester erschrak und dachte, mir wäre nicht gut. Aber ich hatte plötzlich das Gefühl, dass ich hier schon einmal gewesen war. Ich glaubte, die kleine Kirche mit dem Pfarrhaus nebenan, in dem mein Kindergarten untergebracht war, zu erkennen. Dann kamen mir die Allee und die großen alten Häuser bekannt vor. Bis zu einer Kreuzung, heute mit einer Ampelanlage versehen, war es nicht mehr weit; und je näher wir dem Dahlemer Weg kamen, desto mehr kamen die Erinnerungen hoch. Ein Krämerladen trat vor mein Auge, heute ein Thai-Salon. Ich wusste auch noch genau, was ich damals öfter kaufen musste, nämlich Schnuller für die Babyflasche meiner Schwester. Diese war total fasziniert von meinem Erinnerungsvermögen. Natürlich gingen wir auch zu unserem Wohnhaus, die Nummer war schnell gefunden.

Zufällig kamen zwei ältere Damen mit ihren Hunden (Berliner lieben Hunde) vorbei, mit denen wir ins Gespräch kamen. Je länger wir mit den beiden sprachen, kamen weitere Erinnerungen hoch. Ich sah die Einteilung der Wohnung und den Hinterhof mit den Wäscheleinen vor mir. Alles stimmte genau. Auch wusste ich noch, wie die nächste S-Bahn-Station hieß, die aber gemieden wurde, denn das S-Bahn-Netz gehörte damals zu Ostberlin. Das alles und mehr wusste ich noch nach achtundsechzig Jahren.

Wir verbrachten dann noch ein paar vergnügliche, aber auch besinnliche Stunden in einem nahe gelegenen Restaurant.

Ich frage mich heute öfter, wie weit sich ein Mensch an die Vergangenheit erinnern kann.

Knapp vier Jahre alt war ich damals. Meine Schwester übrigens hatte keine Erinnerungen aufzuweisen.

Auf jeden Fall wollen wir unsere Reise wiederholen, denn Berlin ist immer eine Reise wert.

Die Handtasche und eine neue Bluse

Es war ein warmer Sommertag, der zum Bummeln in die schöne Altstadt von Limburg einlud.

Mein Freund und ich machten uns daher auf den Weg, um einige Erledigungen zu tätigen. Da jeder verschiedene Sachen auf der „To-Do-Liste" hatte, verabredeten wir uns zu einer bestimmten Zeit an einem bestimmten Ort, um dann noch gemeinsam ein Eis essen zu gehen.

Ich war auf der Suche nach einer Bluse, die ich auch bald fand und gleich anziehen wollte.

Die Toiletten befanden sich im ersten Stock des Kaufhauses. Dort begab ich mich hin, um die neue Bluse anzuziehen, nachdem ich sie bezahlt hatte. Ich wollte meinen Freund überraschen, denn ich fand, dass mir die Bluse gut stand. Mal sehen, ob es ihm auffallen würde, dass ich etwas Neues erstanden hatte; Männer merken so etwas ja meistens nicht.

Im Vorraum der Toilette saß eine nette Frau aus Kenia. Nachdem ich meine neue Bluse angezogen hatte, bemerkte ich vor dem Spiegel, dass ich sie falsch herum übergestreift hatte. Ich stellte meine Handtasche auf das Waschbecken, zog die Bluse wieder aus und richtig herum an. Als ich meine Handtasche holen wollte, bekam ich einen großen Schreck, denn aus dieser quoll das Wasser nur so heraus. Die Handtasche hatte den automatischen Wasserhahn aktiviert. Das Wasser lief schon im Vorraum herum. Die nette Dame kam mir beim Aufwischen zu Hilfe, und wir mussten trotz des Missgeschicks lachen.

Ich machte mich dann schnell mit der Handtasche, aus der es noch eifrig tropfte, auf den Weg zum vereinbarten Treffpunkt, wo mein Freund schon auf mich wartete. Er wunderte sich über die Pfütze neben mir, sagte aber nichts, zu der neuen Bluse übrigens auch nicht. Im Auto hatte er Gott sei Dank eine Plastiktüte, wo ich meine Handtasche einpacken konnte.

Beim geplanten Eisessen erzählte ich ihm die Geschichte. Er lachte herzlich und sagte: „Ja, ja, wenn die Leute vom Dorf in die Stadt fahren". Danach bemerkte er noch folgendes: „Übrigens, deine neue Bluse steht dir sehr gut"!

Zu Hause angekommen, sortierte ich die Sachen aus der Handtasche aus. Einiges kam sofort weg, einiges legte ich zum Trocknen auf den Rasen. Es war noch sehr warm, und so trocknete alles sehr schnell. Mein Notizbuch hat am meisten gelitten, einige Nummern waren nicht mehr lesbar.

So hoffte ich auf baldige Anrufe dieser Personen, damit ich die Nummern wieder ordentlich nachtragen konnte.

Stolz bin ich darauf, dass mein altmodisches Handy, über das viele Freunde von mir Witze machten, das Wasserbad sehr gut überstanden hat und es jederzeit funktionsfähig ist.

Die Amsel

Der kleine Max und sein Bruder Ben waren immer hellauf begeistert, als sich fast täglich eine wunderschöne Amsel auf der Balkonbrüstung ihrer Wohnung, in der sie mit ihren Eltern lebten, zeigte. Die Amsel war offenbar auch glücklich, als sie die beiden Buben zusammen mit ihrer Mutter sah. Ihr wurde Futter und Wasser hingestellt, sie wurde immer zutraulicher, und es war schön mit anzusehen, wie eine kleine Amsel und zwei kleine Jungen zueinander fanden.

Nach und nach verloren jedoch die beiden Kinder das Interesse an dem Vogel, und demzufolge kümmerte sich die Mutter von Max und Ben auch nicht mehr um die kleine schöne Amsel. Ab und zu flog sie noch mal auf die Balkonbrüstung, sie sah dabei so traurig aus, da sie keine Beachtung mehr in der Familie fand.

So weit, so gut, die Amsel war traurig und beleidigt, rächte sich aber eines Tages bitterlich:

Die Eltern der Jungen haben einen großen Bekanntenkreis, und als Gastgeber ihres beliebten Brunchs waren sie berühmt. Beide Partner kochten gerne und richteten immer alles sehr schön her, damit alles unter dem Motto „Das Auge isst mit" ihren Gästen gefallen sollte. Es war immer sehr viel Arbeit, alle Köstlichkeiten zuzubereiten. Als besondere Speise hatte sich die Dame des Hauses einen besonderen Nachtisch ausgedacht, nämlich eine ganz leckere Himbeertiramisu. Diese musste schon am Tag vorher zubereitet werden, da es durchgezogen ganz besonders gut schmeckt.

Die Party war wunderschön, harmonisch, und alle Gäste lobten die wundervollen Speisen und Getränke. „Das Beste kommt noch", sagte die Gastgeberin und wollte das Tiramisu vom Balkon holen, wo sie es über Nacht - sorgfältig in Alufolie eingepackt-abgestellt hatte.

Da ertönte plötzlich ein lauter Schrei vom Balkon: „Nein, nein, nein, schaut euch das an"! Die Gäste kamen herbeigeeilt und sahen die Bescherung: Eine kleine freche Amsel war vermutlich sehr hungrig gewesen und pickte durch die Alufolie hindurch genüsslich an dem schönen Nachtisch. Sie muss schon lange dabei gewesen sein, das Tiramisu war nicht mehr genießbar. Natürlich flog die Amsel sofort weg, als sie die vielen Menschen sah, schaute aber irgendwie pfiffig aus nach dem Motto: „Wenn ihr mich damals nicht im Stich gelassen hättet, hätte ich so etwas wie heute bestimmt nicht getan".

Die Party ging dann trotzdem beschwingt weiter, die Familie hat immer recht viel Eis in der Tiefkühltruhe, und Eis geht ja irgendwie immer.

Nächstes Jahr wird ein neuer Versuch mit dem Himbeertiramisu gestartet, nur wird es dann natürlich nicht mehr auf dem Balkon deponiert. Oder aber die Freundschaft mit der kleinen Amsel wird wieder aufgenommen, das wäre doch das Beste für alle Beteiligten.

Die Reise

Wir drei Mädels hatten schon lange geplant, einmal zusammen nach Paris zu fahren.

Ich selbst liebe diese Stadt und war bereits häufig dort. Früher bin ich immer mit dem Nachtzug gefahren, das war ein wenig anstrengend, da man ja meistens mit fremden Leuten in einem Sechserabteil untergebracht war und die Fahrt ziemlich lange dauerte. Oft hatte man aber auch sehr nette Mitfahrer, und so wurden im Abteil die ersten Rotweinflaschen geleert, und man stimmte sich auf Paris ein. Der Vorteil, Paris mit dem Zug anzufahren, lag darin, dass man mitten in der Stadt ankam und meistens nur ein kurzer Weg ins Hotel führte.

Dieses Mal wollten wir jedoch Paris mit dem Flieger erreichen, das ging wesentlich schneller, die Flugzeit von Hamburg beträgt weniger als zwei Stunden.

Wir trafen gemeinsam, allerdings weit vor der Zeit, am Flughafen Hamburg ein.

Nachdem wir unsere Koffer aufgegeben hatten und die Bordkarten bekamen, konnten wir ganz entspannt und voller Vorfreude Paris entgegenfiebern.

Der Flug ging pünktlich los und verlief reibungslos, Paris hatte mich wieder, ich war glücklich.

Geduldig warteten wir auf unsere Koffer, die in Band 7 ankommen sollten. Das Gepäck meiner Freundinnen kam ziemlich schnell, von meinem Koffer war noch nichts zu sehen. Das beunruhigte mich zunächst nicht, denn das kannte ich schon, ich hatte dahin gehend meistens Pech, dass meine Koffer ziemlich als Letzte auf dem Gepäckband lagen. Jetzt wurde es aber doch merkwürdig, denn es kam kein Gepäck mehr zum Vorschein, nur eine kleine hässliche, arg zerschlissene, blaue Reisetasche lief immer wieder auf dem Band hin und her.

Nach fünfzehn Minuten war mir klar: Mein Koffer ist nicht mit nach Paris gekommen.

Der Infoschalter der Air France war geöffnet, und so konnten wir der freundlichen Dame mit ein wenig Englisch und Händen und Füßen klarmachen, dass mein Koffer verlustig war. Sie gab uns mehrere Formulare mit und als Clou einen Kosmetikbeutel mit Zahnbürste, Seife und –typisch für Paris- Kondomen. Das ist mir heute noch in Erinnerung und bringt mich zum Schmunzeln nach dem Motto: Paris, die Stadt der Liebe.

Wir gaben die Anschrift unseres Hotels in Paris an, meistens kamen die Gepäckstücke mit dem nächsten Flieger und wurden dann ins Hotel gebracht. Nicht aber bei mir, der Koffer kam nie an.

Notgedrungenermaßen kaufte ich mir in einer Pariser Prachtstraße einige Kleidungsstücke, denn wer zieht in Paris schon gerne sieben Tage das an, was man während des Hinflugs getragen hatte.

So konnte ich mit meinen Freundinnen mit neuer Kleidung Paris erkunden. Der gerade gekaufte Mantel wurde sogar für mehrere Jahre mein Lieblingsmantel.

Es war wieder sehr interessant, durch Paris zu schlendern; ich lernte neue Ecken kennen, die mich schwärmen ließen.

Wieder in Hamburg angekommen, klärte ich alle Formalitäten hinsichtlich des verschwundenen Koffers und erhielt eine kleine Entschädigung von der Fluggesellschaft.

Einige Zeit später las ich in der Zeitung, dass eine Diebesbande gefasst wurde, die am Hamburger Flughafen ihr Unwesen trieb und Gepäckstücke von Reisenden stahl. Meinen Koffer samt Inhalt sah ich also nicht wieder.

Trotz allem fahre ich immer wieder gerne nach Paris, denn mich fasziniert diese Stadt sehr, und die Liebe zu ihr kann für mich durch einen gestohlenen Koffer nicht ins Wanken geraten.

Salue

Hoher Besuch

Wieder einmal durften mein Ehemann und ich in dem Haus meiner Schwester unseren Urlaub verbringen. Dieses wunderschöne Feriendomizil liegt im Hinterland der Costa Blanca, ca. achtzehn km von der Kleinstadt Denia entfernt. Die Lage ist einmalig, man hat einen traumhaften Blick hinunter bis zum Mittelmeer. Das Wetter tut das Übrige, damit man sich an diesem Ort wohlfühlen kann.

Es ist also kein Wunder, dass sich sehr oft Besuch ankündigt, um hier ein paar schöne Tage zu verbringen. Hinzu kommt, dass meine Schwester sehr gastfreundlich und eine hervorragende Köchin ist. Ihre Paella ist weit über die Grenzen der Costa Blanca hinaus bekannt.

So kam es, dass sich während unseres Aufenthalts ein ehemaliger Kollege meiner Schwester ankündigte. Er wollte bereits gegen die Mittagszeit vorbeischauen und freute sich schon auf die Paella, von der er gehört hatte.

Vorbei war es mit der Urlaubsruhe. Die Vorbereitungen für den kommenden Besuch begannen bereits drei Tage vorher. Das Haus wurde geputzt, der Garten hergerichtet und alles Erdenkliche eingekauft. Champagner durfte nicht fehlen, da der Kollege den Ruf genoss, ein Gourmet zu sein, und als sehr edel und vornehm galt. Wir wurden angehalten, uns fein anzuziehen und nicht unbedingt flache Witze zu erzählen.

Das Silber wurde herausgeholt und der Tisch fein gedeckt, besonders die Champagnergläser gaben etwas her. Das geliebte spanische Bier blieb heute verpönt. Ich selbst wollte auch etwas zu der festlichen Tafel beitragen und füllte eine wunderschöne Schale mit diversen Köstlichkeiten, überwiegend Pralinen, die zum Kaffee gereicht werden sollten.

So warteten wir auf den hohen Besuch, der auch pünktlich eintraf. Ja, dachte ich, äußerlich ein feiner Herr, aber kommt es darauf an?

Das Tischgespräch verlief zum Glück sehr amüsant. Es lag ja vielleicht auch an dem Champagner, der reichlich vorhanden war. Die Paella mundete hervorragend, alle waren zufrieden. Mein Mann dachte zwar, jetzt ein schönes kaltes Bier, aber das war heute nicht erlaubt. Die Zeit verging sehr schnell und der ernannte hohe Besuch entpuppte sich als charmanter Plauderer und sympathischer Herr. Er war von den Champagnergläsern und den anderen Tischutensilien begeistert Die Gläser wollte er sich auch kaufen.

Es war Zeit für Kaffee, und ich konnte endlich die Schale mit den Pralinen auf den Tisch stellen. Dabei schaute mich meine Schwester sehr streng an, das tat aber der guten Stimmung keinen Abbruch.

Leider musste sich der Besuch bald verabschieden. Vorher erbat er sich aber noch ein schönes kaltes Bier. Das war für meinen Ehemann natürlich eine große Freude, denn jetzt durfte er auch eins trinken. Außerdem wollte der hohe Gast noch wissen, wo man solch eine schöne Pralinenschale kaufen könne. Die Frage blieb jedoch unbeantwortet.

Dann verabschiedeten wir uns voneinander und stellten gemeinsam fest, dass es ein wunderschöner Tag war. Der geradezu nach einer Wiederholung rief.

Als ihr Kollege außer Reichweite war, sagte meine Schwester dann noch zu mir: „Ich fand es auch sehr gelungen, aber nächstes Mal verwendest du bitte nicht die Katzenschale für die Pralinen".

Das Kleid

Schon lange hatte ich mir einmal gewünscht, einen großen Ball in einem bekannten Hamburger Hotel besuchen zu dürfen. Es ist zwar nicht meine Welt, dennoch wollte ich dabeisein, wenn sich die Reichen und Schönen und die sog. A-Promis treffen und feiern.

Durch großes Glück ergatterte ich 2 Karten für den beliebten Presseball, der im Januar stattfinden sollte.

Jetzt begann das Problem: Was soll ich anziehen? Gott sei Dank gibt es in Hamburg dafür zahlreiche Einkaufsquellen, die meisten Geschäfte befinden sich für solche Anlässe am Neuen Wall, der Nobel- einkaufstrasse in der Innenstadt. Das kam aber für mich und meinen Ehemann nicht in Frage, die dort angebotenen Bekleidungsstücke waren für unseren Geldbeutel zu teuer, zumal diese Sachen von uns bestimmt ganz selten wieder angezogen werden.

Gott sei Dank gibt es für nicht ganz so betuchte Leute ein Geschäft, welches Leihsachen anbietet. Dort kann man sich von Kopf bis Fuß einkleiden lassen. Also nichts wie hin.

Mein Mann wurde schnell fündig; ein Smoking saß bei ihm wie angegossen, Hemd, Fliege und Schuhe ebenfalls. So konnte er perfekt gestylt zum Ball gehen. Bei mir dauerte es ein wenig länger bis ich das perfekte Kleid und alles Dazugehörige gefunden hatte. Das Suchen hatte sich gelohnt, ich hatte ein rosafarbenes Kleid ausgesucht, es saß wie für mich gemacht an meinem Körper. So freute ich mich sehr auf den Ball und konnte es kaum erwarten, daran teilzunehmen.

Am Tage des Balles lasen wir noch in der Zeitung, dass als Stargast eine sehr bekannte Opernsängerin – ein Weltstar-kommen sollte und Kostproben ihrer Gesangskunst darbieten wollte.

Wir hatten einen Tisch mit netten Leuten zugewiesen bekommen und unterhielten uns angenehm mit den anderen Gästen. Am Nachbartisch erkannte ich ein paar Promis. Alle waren elegant gekleidet, ich fühlte mich keineswegs minderwertig, denn mein Kleid sah auch super aus. Meine Tischnachbarin sagte sogar: „Ihr Kleid ist ein richtiger Hingucker, es steht ihnen ausgezeichnet". Ich freute mich sehr über das Kompliment und hoffte nur, dass sie nicht fragte, wo ich es gekauft habe.

Mein Ehemann und ich genossen den Abend und wagten sogar ein paar Tänzchen. Die Musik war excellent und die Stimmung dementsprechend sehr ausgelassen. Jetzt sollte der Höhepunkt des Abends folgen: Der Auftritt der Opernsängerin.

Die Bühne wurde etwas umgebaut und dann erschien sie, der Star des Abends.
Mir stockte das Herz, sie hatte genau das gleiche Kleid an wie ich. Die beiden Promidamen vom Nachbartisch erkannten es sofort, und grinsten mich an. Auch andere Personen bemerkten es und schauten zu mir herüber. Ich wurde ein wenig rot und konnte mich auf den Gesang des Stargastes nicht so recht konzentrieren. Wenn die Dame wüsste, dass ich mein Kleid nur geliehen hatte und sie bestimmt ganz viel Geld dafür ausgegeben hatte. Einmal dachte ich, die Opernsängerin schaute zu mir herüber, aber das bildete ich mir wohl nur ein. Nach ca. 60 Minuten wurde der Stargast unter großem Applaus verabschiedet, es wurde ihr natürlich noch ein wunderschöner Blumenstrauß überreicht.
Sie verließ die Bühne, ging jedoch nicht zum Hinterausgang, sondern ging durch den Saal und steuerte direkt auf mich zu. Alles schaute auf unseren Tisch, mein Mann wollte am liebsten in den Erdboden versinken, ich ebenfalls. Da sagte sie zu mir: „What a wonderful Dress" und

lachte dabei sehr herzlich. Sie überreichte mir ihren Blumenstrauß mit den Worten: „For you and the Dress".

Dann ging sie von dannen, ein Reporter wollte ein Bild von uns beiden schießen, aber das lehnte die Diva ab, mir war es auch recht, nicht am nächsten Morgen in der Zeitung zu stehen.

Der Ball lief dann weiter und ich wurde auf der Tanzfläche des Öfteren auf das zweifach vorhandene Kleid angesprochen.

Für mich und meinen Ehemann war es ein unvergessener Abend. Noch lange zehrten wir davon.

Paul, der kleine Fuchs, und Susi, die Gans

Tief im dunklen Wald lebt der kleine Fuchs Paul mit seinen Eltern und
seinen vier Geschwistern in einer tiefen Höhle. Heute ist Heilig Abend,
und die Eltern haben die Fuchsbrüder zum Spielen in den Wald geschickt,
damit sie noch einiges in Ruhe für die Bescherung ihrer Kinderherrich-
ten konnten. Paul hat mit seinen Brüdern Ben und Jannes und seinen
Schwestern Lilli und Tilli verstecken gespielt. Auf einmal wusste Paul
nicht mehr, wo er war. Er schaute rechts, er schaute links, aber er fand den
Weg zurück nicht mehr. Er lief immer weiter von zu Hause weg, ,und es
wurde langsam dunkel. Paul bekam Angst! Er rief laut, aber keiner hörte
ihn. Jetzt fing Paul an zu weinen, und er zitterte am ganzen Körper. Als er
noch mal nach oben in eine Baumspitze schaute, sah er dort eine Gans im
Baum sitzen. Er rief nach der Gans, die ja eigentlich Angst vor Paul haben
müsste, da Füchse bekanntlich gerne Gänse fressen. Aber Paul war noch
so klein, und daher kam die Gans zu dem kleinen, verängstigten Fuchs.
Außerdem, das wusste bis dahin die Gans natürlich nicht, lebte Pauls Familie vegan, ja, auch Füchse gehen mit der Zeit. Paul fragte: „Was machst
du hier"? Die Gans sagte: „Ich heiße Susi und bin von meinem Bauernhof
geflohen, weil heute Weihnachten ist und ich gebraten werden soll."

Oh, da war Paul ganz traurig und sagte: „Wenn du mir helfen kannst,
mein Zuhause zu finden, darfst du bei uns Weihnachten feiern." „Ja",
sagte Susi, „ich habe gesehen, wo ihr im Wald wohnt, ich bringe dich zu
deinen Eltern." Paul jubelte. So machten sie sich auf den Weg und fanden
auch bald die Höhle. Dort waren alle sehr aufgeregt, denn sie hatten den
kleinen Fuchs überall gesucht. Jetzt waren sie glücklich, Paul wieder in
die Arme nehmen zu können. Paul stellte seinen Eltern und Geschwistern
Susi vor und erzählte, dass sie ihn sicher nach Hause gebracht hatte. Die
Fuchseltern waren so froh, dass Paul wieder da war, und luden Susi zum

Weihnachtsfest in ihre Höhle ein. Natürlich mit dem Versprechen, ihr nichts zu tun und sie zu beschützen. Susi war glücklich, es wurde ein schönes Weihnachtsfest mit Pfefferkuchen, Marzipan und veganer Pastete.

Seit diesem Tag lebt Susi bei der Fuchsfamilie, und alle vertragen sich gut und sind glücklich.

Ein besonderes Essen

Wieder einmal speisten mein Ehemann und ich in unserem Lieblings-Blockhouse am Gänsemarkt. Wir hatten einen Tisch am Fenster zugewiesen bekommen und freuten uns auf unsere Steaks. Bereits beim Warten auf unsere Gerichte bemerkte ich, dass der am Nachbartisch sitzende Herr immer wieder penetrant zu mir hinschaute. . Ab und zu tuschelte er mit seiner Begleitung –vermutlich seine Ehefrau- um dann wieder zu mir zu blicken. Ich fand das furchtbar; Gott sei Dank kam das Essen, und so war ich ein wenig abgelenkt, bemerkte aber nach wie vor, dass er immer und immer wieder zu mir schaute. Ich nahm mir vor, ihn nach dem Essen anzusprechen, weshalb er fast unentwegt zu mir herüberschaute. Mein Ehemann fand das übrigens nicht schlimm, er genoss sein Rumpsteak mit Pommes.

Als ich aufgegessen hatte, wollte ich zu dem „Glotzer" gehen. Er kam mir aber zuvor und fragte etwas aufgeregt: „Entschuldige, dass ich immer zu dir rüber geschaut habe, aber bist du Christel Z… aus Hamburg Horn"? Ich bejahte, und dann erkannte ich ihn auch. Es war mein allerliebster Spielfreund Uwe aus den 50er-Jahren. Oft hatte ich an ihn gedacht, konnte ihn aber trotz der modernen Suchmaschinen nicht ausfindig machen.

Naturgemäß hatten wir uns viel zu erzählen, unsere Kindheit war wunderschön, und Uwe und ich haben fast jeden Tag nach der Schule draußen gespielt. Kippelkappel, Messerstechen, Verstecken und Fußball. Damals war es für ein Mädchen noch selten, mit den Jungen Fußball zu spielen. Aber Uwe hat mich immer mitspielen lassen. Einmal war er in der gegnerischen Mannschaft und hatte mich böse gefoult. Heute würde er dafür „glatt Rot" bekommen. Damals war ich sehr traurig und wollte nie mehr mit ihm spielen. Aber meinen Schwur habe ich schnell gebrochen. Eigenartig ist jedoch, dass ich mich bis heute an diesen Vorfall erinnern kann.

Wir treffen uns jetzt unter Einbeziehung der jeweiligen Partner regelmäßig, damit der Kontakt nicht wieder abbricht; und jedes Mal fällt uns etwas Neues ein über unsere schöne Kindheit in Hamburg- Horn.

Max und Moritz

Wer kennt sie nicht, die Bubengeschichten über Max und Moritz und ihre Streiche. Im Jahr 1865 wurde der „Wilhelm Busch Klassiker" zum ersten Mal veröffentlicht.

Jetzt aufgepasst, liebe Leserinnen und Leser, es gibt sie wieder, die Buben Max und Moritz, die ihre Eltern manches Mal zur Verzweiflung treiben. Es folgt in Anlehnung an das unvergessene Buch von Wilhelm Busch der „erste Streich" aus dem Jahr 2017:

Die Mütter der beiden vierjährigen Buben hatten sich verabredet, zusammen ein Möbelhaus aufzusuchen, um dort einige Kleinigkeiten zu besorgen. Für die Kinder war es immer schön, mitzukommen, da es dort ein Kinderparadies gibt, in dem sie zusammen mit anderen Kindern spielen und toben können.

Max und Moritz wurden im Kinderparadies abgegeben; so konnten ihre Mütter in Ruhe einkaufen. Die beiden Geschwister von unseren „Helden" waren noch jünger, sie wurden in die Einkaufswagen gesetzt, mit dem Versprechen, mit ihnen nach „getaner Arbeit" in das Restaurant zu gehen, um dort das so sehr beliebte Softeis zu erhalten.

Der Einkauf ging reibungslos über die Bühne, die beiden kleinen Geschwister waren recht lieb, und so konnten jetzt alle in das Restaurant gehen, wo es leckere Speisen gab und natürlich das beliebte Softeis. Außerdem befand sich dort noch eine Spielecke; der große Tisch davor war leer, und so nahmen die Familien Platz, um dort zu speisen. Max und Moritz wurden natürlich vorher aus dem Spieleparadies abgeholt, da sie auch sehr gerne das Softeis aßen und sich schon darauf freuten.

Max und Moritz hatten bald keine Lust mehr, am Tisch zu sitzen, und durchstöberten mit wachen Augen das Restaurant. Da war es auch schon geschehen: Die beiden Buben sahen in einem Zwischengang vor den Toiletten einige vollgepackte Einkaufswagen, die von ihren Besitzern dort abgestellt wurden, um entweder in das Restaurant zu gehen oder die Toiletten aufzusuchen. Max und Moritz schauten sich kurz an, sie hatten den gleichen Gedanken, und los ging es:

Sie vertauschten die in den jeweiligen Einkaufswagen befindlichen Waren und „arbeiteten" so Wagen für Wagen um.

Bis plötzlich der Besitzer eines Einkaufswagens die Aktion beobachtete und sofort „Halt, halt" rief. „Was macht ihr denn hier?!", schrie er voller Wut:„Hört sofort damit auf, wer soll all die Waren wieder zuordnen?". „Holt sofort eure Mütter, die werden von mir was zu hören bekommen. Ihr unverschämten Kinder!" Durch den Lärm kamen nach und nach alle Besitzer der Einkaufswagen herbeigeeilt und schauten auf die Mütter von Max und Moritz, die jetzt auch am „Tatort" waren. Sie wurden beschimpft nach dem Motto: Was ist das bloß für eine Erziehung, armes Deutschland!

Die Wut der betroffenen Kunden war nachvollziehbar, denn es machte sehr viel Arbeit, die eingekauften Waren wieder richtig zuzuordnen.

Die Sicherheitskräfte des Möbelhauses baten „unsere Familien", umgehend das Haus zu verlassen, mit der Auflage, beim nächsten Einkauf besser auf die Kinder aufzupassen. Zum Glück gab es kein Hausverbot, was einige Einkäufer lautstark forderten.

Beim Hinausgehen grinsten ein paar nicht betroffene Kunden die Mütter an, nach dem Motto: „Ein lustiger Streich". Wenn die Kunden wüssten, dass unsere Lausbuben Max und Moritz heißen.

.

Frühling

Die U-Bahn ist einem vor der Nase weggefahren, das ist ärgerlich.
Es ist kalt auf dem Bahnsteig und man fröstelt und die Laune ist auf dem Nullpunkt angelangt. Zehn Minuten Wartezeit auf die nächste Bahn können sehr lang sein.

Jetzt ist alles anders, es ist Frühling. Man schaut in die Sonne, sie lacht uns an und schenkt uns Wärme und Licht. Es ist doch egal, dass die nächste U-Bahn erst in zehn Minuten kommt, zehn Minuten können so kurz sein.

Die dicken Wintersachen kommen in den Keller, und die Stiefel werden ordentlich verpackt. Alles wird getauscht gegen leichte, fröhlich anzusehende Kleidung. Ach ist es schön, es ist Frühling.

Die Männer pfeifen den jungen Mädels hinterher. Es gehört irgendwie zum Frühling dazu, harmlose Flirts und Augenzwinkern zwischen Mann und Frau.

Beim Nachbarn blüht der Flieder. Man trifft sich wieder zu einem Plausch in der freien Natur. Die Kinder spielen draußen, das helle Kinderlachen dringt in die Wohnung und erhellt die Seele. Mütter und Väter treffen sich mit ihren Kleinen an der Sandkiste und bringen Tee und Kekse mit und tauschen sich aus. Ach ist es schön, es ist Frühling.

Die Fahrräder werden geputzt, damit am Wochenende eine Fahrradtour stattfinden kann. Schlauchboote werden aufgeblasen, um später damit eine Bootsfahrt zu unternehmen. Eis wird in großen Mengen verputzt und Getränkekisten aller Art gekauft. Ach ist es schön, es ist Frühling.

Am liebsten möchte man die Zeit anhalten, Frühling ist so schön. Nach dem Frühling kommt bekanntlich der Sommer, dann der Herbst und dann der Winter.

Und dann ist er wieder da, der Frühling, für viele die schönste aller Jahreszeiten.

Herbst

Die Sommersachen werden eingepackt, die Badesaison neigt sich dem Ende zu, das Picknicken im Freien gibt es ein letztes Mal, denn jetzt ist er da, der HERBST.

Er hat es nicht leicht, gegen den Sommer zu punkten, dennoch gibt es viele Gründe, ihn zu lieben:

Lange Spaziergänge, dabei wie früher als Kind das herumliegende Laub zu durchstöbern.

Kastanien sammeln und zu Hause daraus die so beliebten Kastanienmännchen basteln.

Ans Meer fahren und die „steife Brise" einatmen.

Die Wolkenbildung beobachten.

Zu Hause die Wohnung herbstlich dekorieren.

Wohlfühlklamotten anziehen und Kerzen anzünden und dann ein Buch lesen und Tee mit Kandis trinken.

Abends dann eine Kürbissuppe kochen und mit der Familie und Freunden gemeinsam essen.

Spätestens dann ist der Herbst in unsere Seele gekrochen, und der Sommer ist vergessen.

Nicht umsonst antworten Personen, die ständig im sonnigen Süden leben, auf die Frage, was sie denn so vermissen:

„Den deutschen HERBST"

In diesem Sinne ab in den Park oder ans Wasser und die Herbstluft einatmen, um dadurch Kraft für den Alltag zu tanken.

Geschichten und Gedichte von Hannelu Vahl

Hymne an den blauen Planeten

Du blauer Planet, vor Äonen Zeiten
im Feuer geboren,
durcheilst des Alls unendliche Weiten
und wärest verloren
ohne der Sonne Glutennähe.
In ihrer Sphäre
erhob sich nach Zeiten des ewigen Glühens
der Schöpfungstag des Pflanzen-Erblühens.

Oh Schönheitswonne unter der Sonne!
Tier-Pflanzen-Vielfalt im Übermaß.
Ein WERDEN ohne Unterlaß!

Einmal begonnen und nie zu Ende…
Erst Pflanzen, dann Tiere – (fatale?) Wende
zum Menschen noch in weitester Ferne.
Du belebter Planet, du Stern der Sterne.

    Geliebte Schöpfung dieser Welt,
    zu wessen Ruhm bist du „bestellt"?

    Mensch, lern es noch beizeiten:
    Des Planeten Herrlichkeiten-
    treibend in kalten Weiten des All….
    Bring seine Schöpfung nicht zu Fall!

        DEIN BLAUER STERN
        DANKT ES DIR GERN

Osterfreude

Seidenblaue Himmelsweiten,
erstes Grün in Lindenbäumen.
Hummeln, die um Nektar streiten,
taumeln aus den Winterträumen.

Tierwelt probt jetzt fangen, jagen
spielerisch mit Partner-Necken.
Kecker Maulwurf will es wagen,
strebt ans Licht aus dunklen Ecken.

Gelb-lila-weiße Krokuspracht
seidig-frischen Glanz entfacht.
Und in der Bäume hohen Kronen
die Vögel froh ihr Lied vertonen.

Seh ich mir meinen Nachbarn an,
den sonst so ernsthaft-stillen Mann......
Er schwenkt den Hut und grüßt ganz munter.
Auch seine Welt wird Frühlings-bunter.

Heckenrosen

Würzig-süße Heckenrosen,
euer Duft ist unvergleichlich,
wenn ihr blüht so überreichlich
und die heiße Sommerluft
ist erfüllt von Eurem Duft...

ein Duft von Rosen,
die liebkosen.

An jedem Busch bleib ich jetzt stehen,
kann nicht daran vorübergehen
und atme tief und selig ein
den Duft gewordnen Sonnenschein.

Eine leichte Sommerbrise
streicht über meine Blütenwiese
und trägt den Heckenrosenduft
in seidig-blaue Sommerluft.

Ich atme ein voll Innigkeit
die ganze JUNIHERRLICHKEIT.

Hummel in der Kürbisblüte

Das ist ein sprühen, glühen, blühen
in üppig-gelber Blütenpracht.
Und eine pelzig-schwarze Hummel
fliegt daher mit viel Gebrummel.

Versinkt sogleich in einer Blüte,
ihrer geliebten „Nektar-Tüte".
Es gibt noch viele Kürbis-Blüten
fürs rauschhaft-schöne Nektar-wüten!

Nun nähern sich auch die Kollegen,
erpicht auf diesen Sommersegen...

schwer bestäubt
von Duft betäubt –

lockt sie schon der nächste Garten,
wo die Blumen sehnlichst warten.

Kleine pelzig-schwarze Hummel,
ich lieb dein sommerlich Gebrummel!

Sommer in Ost-Holstein

Du liebliches Land in den Hügeln so
       grün,
du blinkender See in der Ferne.
Die Schwalben sah ich vorüberziehn
und am Himmel die ersten Sterne.

Der Tag war sehr heiß
und das Feld pures Gold in den Ähren.
Es wogte im Sommerwind leis.
Und die Feldlerche sang, als wären
der Himmel, der Wind,
der See und die Felder,
die Hügel und Wälder
ein einziges Sommerbegehren.

Herbstzauber

Zauber des Herbstes umfängt mich
wieder.
Vögel singen letzte Lieder.
Bunte Blätter im Wirbel sich dreh`n
im kühlen Wind über Feldern und
Höh`n

Der Himmel ist blau noch und selten
klar.
Auf Büschen glänzt morgens viel
Silberhaar.
Der Astern und Dahlien Blütenpracht
aus jedem Garten voll Heiterkeit lacht.

Ich seh` diese Pracht,
dieses Farbenglühen
und seh` durch den Herbst
auch die Wehmut ziehen.

Die Dahlien bitten:
Schaut zu uns noch her
in der goldenen Zeit...
bald blüh`n wir nicht mehr.

Liebe – Frieden – Gott

Dieser Stern beherbergt Menschen,
teils im Glück, doch meist im Leid.
Und die Sehnsucht nach dem Frieden
reicht bis in die Ewigkeit.

Wie weit ist der Weg zum Frieden?
Wo reicht Gott uns seine Hand?
Gibt`s vom Leben, gibt`s vom Lieben
Aufstieg in ein andres Land!?

Welt der Träume, Welt der Sinne,
Welt voll Zeit und Räumlichkeit...
Die Erscheinung aller Dinge
bleibt nur Rätselhaftigkeit.

Und wir fliegen mit den Blättern
um den kleinen Erdenball.
Und wir schweben und wir fallen
in das grenzenlose All.

Glückliche Susette, arme Nanette

Es gibt eine glückliche Henne,
die ich seit Jahren schon kenne.
Sie legt braune Eier
für den Nachbarn, Herrn Meier,
und macht viel Gekratz und Gerenne.

Sie hört auf den Namen Susette
und ist eine wirklich ganz Nette.
Sie durchforstet den Garten
nach viel Würmerarten
und geht früh am Abend zu Bette.

Es gibt auch die Henne Nanette,
die lebt an grauslicher Stätte.
Zusammen mit tausend,
auf engstem Raum hausend,
und wartet, dass man sie errette.

Die Konsumenten vergessen,
auf leckere Eier versessen,
mit welchen Qualen
die Hühnchen bezahlen
für das, was sie täglich essen.

Drum macht es wie Nachbar Meier
und esst nur leckere Eier
von Hühnchen, die glücklich frei rennen –
und nicht von den KÄFIG HENNEN!
Und Euer Gewissen wird freier!

„homo sapiens" - was tust du uns an!

Hast du dir einmal klargemacht:
für wen war dieser Stern erdacht?!
Wir Tiere klagen heute an
dich Mensch, alle, Frau und Mann.
Wir seien Mitgeschöpfe, sagst du gern,
verknechtest uns im gleichen Atemzug.
Auch wir sind NEBEN dir auf diesem Stern
und werden hingemordet Zug um Zug.

Vergisst du sie schon,
die Evolution??
Wir waren LANGE VOR Euch da.
Sind nicht nur MIT-, sind VOR-Geschöpfe!
Und es geschah,
dass du uns eingekerkert hast,
ohne Sonne, ohne Licht.
Auch wir sind kurzer Erdengast,
doch kennen wir die Freude nicht
von ein paar freien Lebenstagen
im Sonnenschein, auf frischem Gras.
Nur unsre Augen können sagen:
Du quälst uns ohne Unterlass.

Kaum werden wir geboren
in Massenhaltungs Düsterkeit,
ist unser Leben schon verloren:
Keine SEKUNDE glückliche Zeit.
Zum Schlachten stehen wir bereit
auf engstem Raum,
in schlechter Luft,
kein Sonnentraum,
kein Blumenduft.

So geht`s uns, Hunderten Millionen
Schlachttieren, die im Kerker „wohnen".
Fürs Schlachttier gibt es keine Rechte.
Wenn nur der Braten lecker schmeckt,
sind wir des Menschen liebste Knechte.

Und wir sehen Euch FLEHEND an:
Homo sapiens, du DENKER, denke daran:
Tut es EWIG not zu Eurem Genuss,
dass der andere ELEND LEIDEN muß??

Liebe

Jede Blume zeigt sie im strahlenden blühen,
jeder Stern so fern im unendlichen glühen.
Den Vogel berauscht sie mit seinem singen.
Planetenbahnen lässt ewig sie schwingen.

Da lehrt uns die Wissenschaft:
Das alles ist Physik und Chemie!

Wir aber spüren die tiefere Kraft.....

die LIEBE heißt und sie endet NIE

Waschbär wörtlich

Wir alle wissen, dass es in den ersten Jahren nach Kriegsende uns nicht gut ging und – um über die Runden zu kommen- man äußerst gut organisieren, hamstern und haushalten musste. U.a. waren auch Waschmittel, Seife, überhaupt Reinigungsmittel, ebenfalls rar und von minderer Qualität. Wir waren mit der Familie von Brandenburg vor den Russen geflüchtet und in Bad Schwartau, einem reizvollen kleinen Städtchen, gelandet. Mit meiner Schulfreundin Gisela tobte ich in der freien Natur herum im nahen schönen Cleversbrück und auch im Riesebusch, einer waldigen Ecke in der Umgebung. Wir fuhren viel Rad und teils in der Trave, teils in einem schönen großen Teich, dem Tremser Teich zwischen Bad Schwartau und Lübeck, lernten wir schwimmen. Ich war damals zwischen acht und neun Jahre alt, und trotz der kargen Verhältnisse hatten wir eine schöne Kindheit. Manchmal wurden Gisela und ich auch übermutig und heckten etwas Besonderes aus. Das blieb dann auch unser prima gehütetes Geheimnis. Wir hatten mal wieder eine besondere Idee – und mein Vater brachte mich darauf.

An sich war die rheinisch Lustige und Humorvolle in unserer Familie meine Mutter, Vater eher der Ernsthafte, Pflichtbewusste. Und trotzdem – hin und wieder hatte er so seine Spaßideen.

Er erzählte uns, dass Frau Lore Heitmann, die ganz in unserer Nähe wohnte, eine sehr liebe, aber auch recht goldig-naive Frau, während eines drolligen Gesprächs meinem Vater auf den Leim gegangen war. Es ging um besagten Tremser Teich, in dem wir ja oft schwammen, und um Waschbären. Wie er auf die Waschbären gekommen war, weiß ich nicht mehr, sondern nur noch, wie mein Vater das Gespräch zwischen Frau Heitmann und ihm nochmals uns zum Besten gab.

Mein Vater sagte dann einfach dieser guten Frau, weil ihn wohl der Teufel ritt, dass sich an diesem Tremser Teich Waschbären angesiedelt hätten; und die hätten ja von Natur aus den Drang, alles zu waschen, was ihnen vor die Pfoten kam. Also nicht nur sich selbst wuschen diese Tiere unermüdlich, sondern auch alte Lappen, Textilien, Badehosen, z.B., die die Kinder am Teich vergessen hatten, oder Handtücher.

Mit offenem Mund staunte Frau Heitmann: „Was Sie nicht sagen, Herr Globes! Die können einem ja glatt die Arbeit abnehmen!" Wir mussten sehr über diese Geschichte, die Frau Heitmann glaubte, lachen. Und mich brachte es auf eine Idee. Sofort setzte ich Gisela am nächsten Tag ins Bild. Frau Heitmann kannte auch mich und Gisela. Wir fanden sie auch nett, grüßten sie lieb, aber dass sie so naiv und gutgläubig war, das wussten wir nicht. Was Vater zu Hause erzählt hatte, wollte ich nun mit Kumpel Gisela etwas auf die Spitze treiben. Nachdem ich alles mit ihr besprochen hatte, strichen Gisela und ich an einem der nächsten Tage (es war schöner Sommer) an ihrem Gartenzaun umher. Schließlich kam sie heraus. Wir fingen erst unverfänglich vom Tremser Teich an zu schwärmen, dass wir da so gerne badeten.

Und tatsächlich… nun erwähnte sie das Stichwort: „Dein Vater, Hannelu, hat ja erzählt, dass sich da Waschbären angesiedelt haben, die ja diesen Waschdrang haben." „Ja", schwärmte ich ganz enthusiastisch, „das sind ja so goldige Tiere, aber wiederum sehr scheu. Sie zeigen sich nicht, wenn Menschen in der Nähe sind, kommen aber gerne in der Abenddämmerung an den Teich."

„Ja", sagte sie ganz treuherzig. „Und sie waschen und rubbeln dann ganz gerne alles durch, was sie an liegengelassenen Badehosen usw. am Ufer finden." „Genau" sagten Gisela und ich wie aus einem Munde. Und dann überlegte sie: „Ich habe da ein paar ganz verschmutzte Sachen – und an Seifenflocken spare ich ja möglichst. Wie wäre es denn, wenn ich die Sachen mit Euch vor der Abenddämmerung an den Teich lege – und die

Waschbären, die ja diesen Drang haben, rubbeln die im Wasser schon mal ordentlich durch…?" „Prima" riefen wir total begeistert.

Für den nächsten Tag verabredeten wir uns mit Frau Heitmann, die in zwei Körbe ihre schmutzigen Teile gelegt hatte, und stiefelten gemeinsam zum Tremser Teich. Dort legten wir an einer Schilf-bewachsenen Seite des Ufers die Sachen ganz nah am Wasser aus.

„So, jetzt aber nichts wie weg", meinte Gisela und musste sich ganz furchtbar das Lachen verbeißen.

Wir durften uns auch nicht angucken- sonst wären wir geplatzt. Dann zogen wir gemeinsam ab und vereinbarten, die Wäsche am nächsten Tag wieder gemeinsam abzuholen. Und was soll ich sgen: Wir hatten diese treuherzige Frau glücklich gemacht- und selbst einen Riesenspaß gehabt. Die Wäschestücke am nächsten Tag, vom Uferwasser die ganze Nacht total durchnässt, sahen tatsächlich „sauberer" aus auf den ersten Blick, so schimmernd-feucht im Wasser. Und Frau Heitmann rief ganz entzückt: „Kinder, großartig, die Wäsche ist tatsächlich viel sauberer – die Waschbären sind wunderbare fleißige Tiere. Und ich habe Seifenflocken gespart. Jetzt wringen wir das gemeinsam aus und zu Hause im Bottich nur noch kleine Nachwäsche".

Fröhlich ging's nach Haus zu ihr auf ein Glas Limonade.

Drachentag in Laboe

Im September vor zwei Jahren machte ich mit meiner Freundin Antje einen Tagesausflug nach Laboe, das wir schon öfter besucht hatten, da mir der wunderbare Strand, und zwar die etwas abseits gelegene wildromantische Seite seit 2008 in bester Erinnerung ist. 2008 entstand inmitten einer Unmenge von Heckenrosen-Büschen - damals Ende Juni geradezu ein Blütenrausch- mein Gedicht „Heckenrosen".

Ich schwärmte also Antje von dem besonders wildromantischen Strand in Laboe vor; und wir beschlossen, an einem Herbst-goldenen Tag im September in ihrem Wagen rauszufahren, freuten uns auf Wasser, Wind, Sonne und Strand. Wir wollten kombiniert „Picknick" und essen gehen verbinden, was die kulinarische Seite des Tages betraf. Ende September war dann so ein herrlicher Tag, auch mit viel Wind, was uns nicht störte. Am späten Vormittag kamen wir an, machten erst einen ausführlichen Strandspaziergang und bewunderten diese üppigen Heckenrosen-Büsche, die nun schon strahlend rot-orange Hagebutten hervorgebracht hatten – es leuchtete aus den Büschen nur so um die Wette! Und dann entdeckten wir, dass bei dem Wind der Himmel voll war von bunten
sehr riesigen Drachen, die sich gewaltig aufblähten und in die strahlende Bläue Hunderte von Farbtupfen setzten. So viele riesige Drachen hatten wir noch nie auf einmal gesehen.

Auch ganz in unserer Nähe jonglierte Jung und Alt mit den Leinen herum – und die Kinder kreischten vor Freude.

Während wir noch fasziniert in den Himmel blickten –was für ein herrlicher Herbsttag- flitzte plötzlich ein etwa 8-jähriger Struppelkopf auf uns zu, schaute von Antje zu mir und drückte mir dann voller Hast und Aufregung seine Drachenleine in die Hand mit den hervorgeprusteten Worten: „Bitte, bitte, mal kurz halten, ich muss ganz schnell zu meiner Mutter, die wartet auf mich."

Ich kam gar nicht zum Atem-holen geschweige zu einer Antwort, als der Bub auch schon davonstob.

Sehr verdutzt musste ich dreingeschaut haben, so wie Antje dann lachte. Was blieb mir anderes übrig…ich jonglierte nun meinerseits mit dem prächtig hell-dunkel-blauen Drachen herum und es machte mir sogar Spaß .Antje erteilte ihre fachmännischen Ratschläge. Es würde ja nicht lange dauern, der Bub war ja nur mal kurz weg, und ich hatte die Ehre, ihm aus der Klemme zu helfen.

Außerdem hatte ich, selber Mutter, ja Verständnis für seine Notlage. Zehn Minuten vergingen im wahrsten Sinne des Wortes wie im Fluge. Als die nächsten zehn Minuten ebenfalls vergangen waren, ohne aufgetauchten kleinen Bengel, schaute ich auf meine Armbanduhr mit dem Gedanken, wie das Ganze denn nun weitergehen sollte. Als dann eine halbe Stunde vorbei war, erbot sich Antje, den Drachen zu übernehmen- und wir berieten, dass ich mal auf die Pirsch gehen sollte, um den semmelblonden Jungen ausfindig zu machen. Wir bekamen auch allmählich Hunger. Also machte ich mich auf die Suche, sah viele Jungs, aber keinen so strahlend semmelblonden. Nach 20 Minuten des Suchens gab ich auf – evtl. war der Bub ja inzwischen an unserer Drachenstelle. Also Weg zurück. Schon von weitem sah ich, dass Antje, eine sehr zierliche Person, solo mit dem Drachen kämpfte, um ihn in Position zu halten. Weit und breit kein Semmel-Bub. Jetzt wurden wir doch etwas mut- und ratlos und besprachen weitere Schritte, als wir in einiger Entfernung zwei rennende Menschen entdeckten –da waren sie- hurra! Mutter und Sohn. Bei uns angekommen, erklärte die Mutter atemlos, was passiert war. Die zwei hatten sich ihrerseits verpasst. Und das Ganze war der Mutter etwas peinlich, so unsere Hilfe in Anspruch genommen zu haben. „Und jetzt sage ich Ihnen etwas: meinte sie dann und lachte verschmitzt – und keine Widerrede! Ich kenne hier ganz in der Nähe ein erstklassiges Strandlokal- und da lade ich Sie beide zum Essen ein." „Nein, nein, keine Widerrede", sagte sie noch einmal, als sie unseren Gesichtsausdruck sah. Also willigten wir ein. Und es wurde ein wunderbar heiteres, etwas verspätetes Mittagessen. Der kleine Junge hieß Ralph. Er erzählte uns viele viele Drachenerlebnisse mit seinen Freunden. Wir tauschten sogar Adressen aus, so gut verstanden wir uns. Rückblickend war dieser Tag einer der gelungensten in jenem Jahr – so schön kann ein Herbsttag sein.

Der versaute Genuß

Zu gerne ging ich immer in früheren Jahren mit meiner Freundin Irene in ein John-Neumeier-Ballett in der Hamburger Staatsoper (jetzt geht es, beruflich bedingt, bei ihr nicht mehr so oft wie früher). Und da wir häufig ins Ballett gingen, hatten wir auch bei den Kartenbestellungen den Dreh raus, gute Plätze ohne Sichtbehinderung zu verhältnismäßig günstigen Preisen zu bekommen. Auf diese Art hatte ich mal wieder für uns beide günstige Karten für den „Sommernachtstraum" ergattert. Irene und ich freuten uns schon königlich auf einen genussreichen Abend, zumal auch die Kritiken gut ausfielen.

Wir warfen uns in unsere festliche Schale und verabredeten uns schon eine halbe Stunde vor Veranstaltungsbeginn im Foyer. Im Rang 1 hatten wir unsere Plätze – und der „Theater-Feldstecher" fehlte auch nicht.

Irene saß rechts von mir- der Platz links war noch frei. Quasi im letzten Augenblick erschien mein Theater-Nachbar, ein junger Mann mit Pferdeschwanz in mehr als lässiger Kleidung. So ungepflegt sie auch für einen Theaterbesuch war, es hätte mich im Endeffekt nicht gestört. Aber etwas anderes Schlimmes merkte ich nicht sofort. Der Vorhang hob sich und wir schauten gebannt auf die Bühne. Und nun merkte ich es, und zwar überdeutlich: Der junge Mann roch aus seinem Pullover heraus geradezu übermächtig nach POMMES FRITES! Als ich dies erstmal verinnerlicht hatte, war es für meine Psyche, die sich auf künstlerische Genüsse einstellen wollte, geradezu eine Qual. Irene bemerkte meine Verfassung und ich konnte ihr mal bei lauterer musikalischer Untermalung Entsprechendes ins Ohr flüstern. Sie schaute mich etwas beunruhigt an und hob witternd ihre Nase höher. An ihrer Mimik merkte ich… auch sie nahm ETWAS wahr. Der Frittengeruch war einfach durchdringend, beherrschend jeglichen Genuss vernichtend. Bei der nächsten lauteren musikalischen Passage flüsterte ich ihr ins Ohr: „Irene, ich HALTE das nicht aus! Lass uns gehen; habe vorhin entdeckt, dass da hinten noch zwei Plätze unbesetzt sind". Wir standen auf, und der junge Mann schaute eigenartig und irritiert aus der Wäsche bzw. genau gesagt, aus dem Fritten-stinkenden Pullover. So eine Geruchswolke kann man wirklich keinem Menschen zumuten. Die Plätze waren Gott sei Dank noch frei, und wir konnten endlich entspannen bei normalem Seh- und Hörgenuss.

In der Pause gingen wir noch einen Sekt trinken. Und wen sehen wir da!? Unseren Pferde-schwänzigen Fritten-Stinker. Der sieht uns auch, steuert auf uns zu und sagt doch tatsächlich: „Ich glaube, ich muss mich entschuldigen bei Ihnen. Schätze, dass ich Sie verjagt habe. Bin Student und hatte bis zur letzten Minute in einer Frittenbude gearbeitet- Sie verstehen... mein Studenten-Job."
Irene und ich waren etwas baff, auch über diese Art Ehrlichkeit. Ich fand meine Sprache wieder: „Ja junger Mann, wir verstehen, und Sie müssen auch verstehen, dass dieses gewisse Fritten-Odeur für Theatergäste, die direkt neben Ihnen sitzen, unerträglich ist. Einfach bitte beim nächsten Mal einen frischen Pullover außerdem in Ihre Tasche packen und nach dem Fritten-Job und vor dem Theaterbesuch schlicht und einfach den frischen Pullover anziehen." „Ja, da haben Sie recht, mache ich das nächste Mal, ist ja eigentlich ganz einfach."

Dann unterhielten wir uns noch angeregt – er stand an der anderen Seite des Tisches- und da er ein armer Student war, spendierte ich ihm noch einen Sekt.

Weinraub

Nach längerer Zeit traf ich mich auch mal wieder mit meiner Freundin Christiane, „Chris" genannt, um über die Ereignisse der letzten Wochen einen ausführlichen Klönschnack zu halten. Wenn ich mich mit Chris treffe, passieren meistens außergewöhnliche Dinge, aber so etwas wie an diesem windigen, recht sonnigen Nachmittag hatten wir noch nie erlebt. Treffpunkt war U-Bahnhof Fuhlsbüttel –von dort war es nur ein kurzer Weg zum Fliederweg. Im schönen Haus des LAB „Lange aktiv bleiben", sollte es eine Senioren-Modenschau geben. Diese wollten wir uns zuerst „zu Gemüte" führen, bevor wir zu unserem „was-hast-Du inzwischen-erlebt-Gespräch" bei Kaffee und Kuchen übergingen. Die Modenschau –nichts gegen Senioren-Modelle- war jedoch dermaßen hausbacken-brav, dass wir schon nach fünf Vorführungen total das Interesse verloren und nicht warten wollten auf das Schluss-Defilee. Wir machten uns unauffällig davon. Wo jetzt hin zum gemütlichen Tete-à-Tete-Klön?

Inzwischen war strahlend die Sonne hervorgekommen; und wir beschlossen, unbedingt draußen irgendwo zu sitzen. Da fiel es mir ein: Ganz in der Nähe vom U-Bahnhof, geschützt, etwas seitlich gelegen, gab es einen Chinesen, der in der milden Jahreszeit Tische und Stühle stets draußen platzierte. Gedacht getan, wir marschierten zum „Golden Palace". Dort fanden wir ein schönes Plätzchen. Chris bestellte Kaffee und Kuchen, aber mich gelüstete es inzwischen aus unerfindlichen Gründen mitten am Nachmittag nach einem Glas trockenen Weißwein, und ich bestellte einen Pino Grigio. Fernöstlich lächelnd brachte uns der freundliche Ober alles Gewünschte.

Wir hatten uns so ungefähr eine Viertelstunde angeregt unterhalten, als sich eine sonderbar wirkende Frau unserem Tisch näherte, die auch eigenartig gekleidet war und um den Hals eine Art Ausweiskarte in Folie trug. Diese

Frau stellte sich dann ziemlich nahe an unseren Tisch mit einer Ausdrucks-Mischung im Gesicht von süffisantem Lächeln, Neugier und noch etwas anderem, das auf den ersten Blick nicht zu deuten war. Alles in allem wirkte sie lästig und Chris und ich warfen uns einen bedeutsamen vielsagenden Blick zu, den wir gegenseitig sofort verstanden... „Gar nicht drum kümmern...", dann geht sie hoffentlich von selbst...". Dem war aber nicht so. Von meinem Wein hatte ich noch nicht viel getrunken, da wir uns, kaum dass wir uns gesetzt hatten, zu viel Neues zu erzählen hatten. Mein Weinglas war noch ca. ¾ voll. Ein Blick zur Seite genügte... die beharrliche Ausweisträgerin war noch einen Schritt näher in meine Richtung gekommen. Nun ärgerte mich die Sache doch, so mit Blicken bombardiert zu werden. Als ich, mit Blick schräg links rüber zu Chris, kurz überlegte, was ich diesem penetranten Individuum nun sagen sollte, um sie möglichst elegant zu verscheuchen, schoss diese, rechts von mir stehend, in einem schnellen Ausfallschritt auf den Tisch zu, griff sich einfach mein Glas, wich blitzschnell damit zurück und leerte es vor unseren Augen gierig in einem großen Zug, ohne abzusetzen. Uns beiden stand der Mund offen! So viel Dreistigkeit bei ganz offenbar sonderbarster Wesensart hätten wir nicht im geringsten erwartet. Meine Reflexbewegung war – es war ja schließlich mein Glas! –dass ich es ihr aus der Hand riss. Und im gleichen Moment machte sie sich wieselartig davon. Chris und ich erwachten aus unserer Schockstarre und mussten schließlich lachen, redeten aber über den Vorfall, stellten Spekulationen an, warum ,wieso diese Person sich so verhalten hatte. Vor allem war uns klar, dass so, wie sie sich aufgeführt hatte, sie diesen Mundraub nicht zum ersten Mal vollführte! Der freundliche Wirt kam heraus, um nach dem Rechten zu sehen – und wir erzählten ihm diese Geschichte und fragten, ob so etwas schon mal vorgefallen war. Das war bislang noch nicht der Fall, erklärte er uns, ließ sich aber das Individuum, eher Unikum, beschreiben, um auf der Hut zu sein.

Dann ging er ins Lokal zurück und hatte ein neues Glas Weißwein für mich in der Hand und sagte mit fernöstlichem Lächeln: „Ist für Sie mit viel Gruß von unser Haus". Ich dankte ihm, und wir alle lachten herzhaft, um ein neues Erlebnis reicher.

Für mich ist Frühling…

wenn die allerersten Schneeglöckchen in Büscheln am Haus mit ihren schwankenden Kelchen den Vorfrühling einläuten…

wenn an der Oberalster auf „meinen" Wiesen die Teppiche gelber und lilafarbener Krokusse Anfang März schon von ferne zart seidig schimmern…

wenn meine mir so vertrauten Frühlingsmärkte zum Besuch und stöbern einladen…

wenn ich mich mit meinen Freunden im Lieblings-Café zum ersten Mal wieder im leichten hellen Frühlingskleid verabrede…

wenn ich die gelöste Stimmung unter den Menschen wahrnehme und die einfach freundlichere Gesichtsmimik, die irgendwie neue Erwartung ausdrückt…

wenn ich schon morgens beim Verlassen des Hauses vielstimmiges aufgeregt-freudiges Gezwitscher der Vögel höre und sich dabei besonders der Tschilp-Tschalp hervortut, als ob er den Frühling nur für sich gebucht hätte und eifersüchtig darüber wacht, dass es ihm kein anderer Vogel an Lautstärke und Begeisterung gleichtut…

wenn ich Mitte oder Ende März zur üppigen Krokusblüte zum nordischen Blütenwunder nach Husum fahre und dort wirklich verzaubert bin, wenn die ausgedehnten zartblauen Blütenwiesen schon von ferne leuchten wie große Seen, die das Schloss umringen…

und wenn ich dann nach langem Aufenthalt so besonders „Frühlingszufrieden" nach Hause fahre, dann weiß ich:

Der Frühling hat auch mich verzaubert und gibt mir neue Kraft.

Vita

Sonja Langer

Jahrgang 1939, machte nach dem Besuch der Handelsschule eine Ausbildung zur Industriekauffrau.

Sie ist verwitwet und hat zwei erwachsene Söhne, die ihre eifrigsten Kritiker sind.

Während ihrer 40-jährigen Berufstätigkeit hatte sie stets nur kaufmännischen Schriftverkehr zu erledigen; und so freut sie sich, dass sie beim Schreibtreff endlich ihrer Phantasie freien Lauf lassen kann.

Klara Porsche

Ich bin am 27. September 1951 in Budapest geboren. Aus einer Urlaubsbekanntschaft zu einem netten Hamburger Mann wurde Liebe, aus Liebe Ehe, die jetzt schon 43 Jahre hält. Deswegen habe ich meine Geburtsstadt verlassen und Hamburg zu meiner Wahlheimat gemacht. Wir haben zwei Töchter, die uns zwei Enkelkinder geschenkt haben. Ich habe Freude am Geschichteschreiben.

Meine Enkelkinder Johann und Katharina freuen sich immer über meine selbst ausgedachten Geschichten.

Christel Schneider

geboren am 3.Dezember 1948 in Berlin, wuchs in Hamburg auf und stieg nach dem Abschluss der Handelsschule bei der Oberpostdirektion in das Berufsleben ein. Christel Schneider ist verheiratet und hat zwei erwachsene Kinder sowie zwei Enkelsöhne namens Max und Ben, denen sie dieses Buch widmet. Da sie schon immer gerne Aufsätze und Geschichten geschrieben hat, freut sie sich, dem Schreibtreff anzugehören, um dort weiter Kurzgeschichten und Erzählungen zu verfassen.

Hannelu Vahl

Wurde 1937 in Siegen (Sauerland) geboren und lebt heute in Hamburg. Nach ihrem Abitur absolvierte sie ein Sprachenstudium, dem sich eine berufliche Tätigkeit als Verlags- und Fremdsprachen-Sekretärin anschloss. Sie ist Mutter von zwei Kindern. Das lyrische Schaffen von Hannelu Vahl steht unter dem Motto „Die Welt – ein zärtlicher Vulkan" (Wie ich sie gerne hätte und wie sie leider –meistens- nicht ist). Die Autorin kämpft für die Erhaltung der Natur und für allumfassende Liebe auf der Welt. Sie sehnt sich nach einer Welt in Frieden, in der die Menschen im Einklang mit der Natur leben und wieder lernen, die Tiefe und Schönheit in Fauna und Flora zu sehen.

Gedichte von Hannelu Vahl sind in Anthologien diverser Verlage erschienen, darunter Brentano-Gesellschaft (Bibliothek des zeitgenössischen Gedichts), Frankfurt; Bibliothek deutschsprachiger Gedichte, Gräfelfing, München; Frieling-Verlag, Sammelwerke „Ly-La-Lyrik" und „Welt der Poesie", Berlin. Der Komponist Heinz Roy hat sechs ihrer Gedichte bislang vertont.

Das ist der erste Band mit Erzählungen und Gedichten der Schreibgruppe „Alster Fünfzehn".

Weitere sollen folgen.